Thierry Colombié

POLAR VERT

LES ALGUES ASSASSINES

erry Colombié

hierry Colombié est économiste, scénariste, réalisateur et auteur de romans et d'essais. Son dernier terrain d'investigation est le crime environnemental. C'est en rencontrant les gendarmes et policiers de l'OCLAESP (Office central de lutte contre les atteintes à l'environnement et à la santé publique) qu'il a eu l'idée de créer une série de polars verts dans le but de sensibiliser les lecteurs à la protection de l'environnement et au respect de la biodiversité.

« Agir, c'est ce que l'écrivain voudrait par-dessus tout.
Agir, plutôt que témoigner. Écrire, imaginer, rêver,
pour que ses mots, ses inventions et ses rêves interviennent
dans la réalité, changent les esprits et les cœurs,
ouvrent un monde meilleur. »

Jean-Marie Gustave Le Clézio,
extrait de son discours de réception
du prix Nobel de littérature

PROLOGUE

La gendarme en civil reçoit un message sur son portable, y répond rapidement à l'aide de ses deux pouces et me dévisage :

– As-tu conscience, Klervi, que tu as participé à un trafic d'espèce protégée ?

– Pas du tout, je murmure. Je n'ai rien fait de mal…

– Et que ce trafic a plongé ton frère dans le coma, et tué ton cheval ?

Je dois protéger mon Lucas, alors j'attaque :

– Tout ça, c'est la faute des agriculteurs, des pesticides, des politiques qui s'en sont foutu plein les poches depuis cinquante ans ! C'est eux qui ont tué les civelles et les ont remplacées par des algues pourries ! S'il n'y avait pas de marées vertes, on n'en serait pas là !

La major va prendre la porte, remballer ses questions à la noix, elle va me dire avec un méchant regard : « On se reverra au poste, tu feras moins la maligne. »

Non, elle reste calme. Alors, j'en rajoute. J'arme ma langue de cartouches de mots qui doivent faire mal.

– J'ai compris votre petit jeu…

– Lequel ?

– Vous avez la trouille ! Les algues vertes, ça fait peur à tout le monde, et surtout à vous, les flics ! Vous protégez l'État. Sur les plages, les algues sont fluorescentes, on marche dessus, mais personne ne les voit ! Elles flinguent la flore sous-marine, la faune, les sangliers, les chiens… les chevaux, les gens… Oui, mais voilà, y a trop d'intérêts en jeu !

– Je crois qu'on va bien s'entendre, toutes les deux.

Elle me scotche, Victoire Redord. C'est impossible de lui faire péter un câble ! Qu'est-ce qu'elle prend pour rester aussi calme ?

– Donc, je poursuis en fronçant les sourcils, vous obéissez aux ordres. Vous imaginez une fausse piste, une histoire de petit trafic et de vengeance ! Clovis, Lucas, ils ont bon dos, les jeunes ! Ils sont plus faciles à choper que les vieux cons qui polluent la Bretagne tout entière ! Faudrait surtout pas faire de vagues, pas vrai ?

Sans cesser de sourire, elle me tend son téléphone.

– C'est normal que tu sois dans le déni. La trahison, ça fait mal. Surtout quand on a été trahi par un être cher. Ton petit ami, Lucas, sait très bien ce qu'il fait, mais ne dit-on pas que l'amour rend aveugle ?

– De quoi vous parlez ?

– Lis, Klervi.

Mes yeux se posent sur son portable.

LA LOI N° 2016-1087 DU 8 AOÛT 2016 POUR
LA RECONQUÊTE DE LA BIODIVERSITÉ, DE LA NATURE ET
DES PAYSAGES PUNIT DE 7 ANS DE PRISON ET
DE 150 000 EUROS À 750 000 EUROS D'AMENDE

LES TRAFIQUANTS D'ESPÈCES PROTÉGÉES OPÉRANT EN BANDE ORGANISÉE.
ARTICLE 415-6 DU CODE DE L'ENVIRONNEMENT

– Dans ton téléphone, nous avons trouvé suffisamment d'éléments pour prouver ton implication dans le trafic de civelles. Lucas n'aurait jamais dû te mêler à tout ça. Tu n'y as pas participé seule, bien sûr, et tu ne t'en es pas vraiment rendu compte. Toutefois, ça relève de la « bande organisée », tu es donc passible d'une peine de sept ans de prison ferme. Sauf si tu as été manipulée…

– Mais vous êtes folle ! Manipulée par qui ? Je n'ai rien fait, je ne ferais pas de mal à une mouche, j'adore les animaux, les chevaux… Je veux devenir vétérinaire !

Elle me regarde fixement.

– Je te repose la question, Klervi : qui fait partie du FLOU ? Des personnes sont en danger, il est de notre devoir de les protéger.

– *Notre* devoir ?

Je me sens soudain mal, à vomir.

– Sais-tu que tu as le pouvoir de faire énormément avancer l'enquête ? Pour savoir ce qui est arrivé à ton frère, à ton cheval ?

Nouveau silence.

– Tu sors de l'hôpital demain, n'est-ce pas ? ajoute-t-elle. On va passer un contrat moral, toi et moi. On se revoit lundi. D'ici là, pas un mot de notre conversation, à personne, OK ?

– Sinon ?

– Tu ne reverras ton frère que dans sept ans. S'il est sorti du coma d'ici là.

CHAPITRE 1

DEUX FOIS PLUS PRÉCIEUX

Je regarde la fenêtre, des petits carreaux comme ceux qui encadrent l'encre de mes mots. Des pages de brouillon couvrent mon bureau, je n'arrive pas à me concentrer, j'ai l'esprit ailleurs, il vadrouille, je gribouille. L'écran de mon smartphone ne cesse d'attirer mon regard, comme s'il allait s'illuminer pour m'inviter à quitter ce lieu que tout le monde, ici, à Pénestin, appelle le manoir de *Davarn* – la taverne en breton. M'offrir une balade sur la plage, sur le dos de mon cheval, Torka, un détour shopping à Guérande, une soirée techno à Nantes, des frissons au casino de Pornichet. Je ne suis pas majeure, encore deux mois à attendre, mais mon copain Lucas s'en fout. L'argent gagné au jeu, m'a-t-il dit la première fois en garant sa Ford Mustang devant l'établissement, est deux fois plus précieux que l'argent gagné en travaillant.

Ce soir-là, il a changé deux billets de 500 euros, on a filé à la roulette, il a fait des clins d'œil à la croupière, elle a esquissé un léger sourire, a probablement pensé : « Tiens, c'est le fils de Paul avec la fille de Villanelle et Paskal, la sœur jumelle de Jezequel. » Lucas a misé sur le 17, mon âge, la croupière a lancé la boule, les jeux sont faits, tourne, tourne, petit manège, stress autour de la table. 17. Bingo. Face à la mer, Lucas m'a embrassée sous un palmier illuminé, a déclaré : « Tu me portes chance, je n'ai rien de plus précieux que toi. » J'ai refusé le billet de 500 qu'il m'a tendu, « Je suis ton porte-bonheur, pas un trou dans ton porte-monnaie » et…

Je digresse, là.

Klervi, arrête, concentre-toi.

Je dois rendre la dissert demain, jeudi, sur des feuilles obligatoirement à petits carreaux, un délire kafkaïen du prof de philosophie. Depuis une bonne heure, la consigne me laisse en cale sèche :

« *Toute œuvre d'art est un beau mensonge », écrit Stendhal. S'agissant de romans ou de poèmes que vous aimez, dites dans quelle mesure vous partagez cette opinion.*

Je regarde par la fenêtre, les nuages filent à vive allure, la marée est basse, la mer se retient, elle pourrait encore faire des siennes, comme une dizaine de jours auparavant. La tempête nous a rappelé, à nous les Bretons, que l'on est peu de chose lorsque l'océan se lance à l'assaut de nos côtes, terrasse les dunes, dessale les marais, retourne les bateaux comme des crêpes, mitraille les quais d'écume, assassine les fous. Les météorologues l'ont appelée Zelly. Enfin, ce n'est pas tout à fait ça : en vadrouillant sur le Net, j'ai trouvé un article, j'ai d'abord pensé que c'était une *fake news*, mais non. C'est bien un milliardaire breton qui a fait un chèque d'un million d'euros, en échange de quoi il a choisi le nom de la tempête. Il n'a pas dit pourquoi « Zelly » mais, ici, sur la presqu'île de Guérande, le milliardaire s'est fait rhabiller pour l'hiver : au lieu de vomir ses dollars, il aurait mieux fait d'organiser un téléthon, de mouiller la chemise.

Bref, de mémoire de ma mère, on n'avait jamais vu une telle déferlante sur la presqu'île de Guérande. La faute, a-t-on dit dans les médias, au réchauffement climatique. Ça m'a fait penser à cette phrase que mon amie Nolween répète sans arrêt : « Qui sème le CO_2 récolte la tempête. »

Zelly partie, j'ai ouvert les volets, retrouvé les petits carreaux salés du manoir *Ty Davarn*, une bâtisse de pierre construite à l'ouest de la grande baie de Pont-Mahé, sur la pointe du Bile. Protégé par des pins centenaires qui ont résisté à la folle course des vents, le manoir a bravé la tempête, laissant quelques tuiles s'enfuir, traverser le jardin et s'écraser contre le *ranchito* qui abrite Torka, mon cheval noir, et Torpédo, le cheval blanc de mon frère Jezequel. Dans la nuit, l'impétueux Torpédo s'est distendu les ligaments de la jambe droite. Torka s'en est sorti indemne, il a dû bien se marrer. C'est un peu notre histoire à nous, les jumeaux. Je passe toujours à travers les gouttes, un parapluie anti-galères sur ma tête de sainte-nitouche, quand mon double se prend des vagues d'avertissements et des marées de critiques.

Après la tempête, je suis montée sur Torka, Jez a marché au côté de Torpédo, et on a rejoint la plage du Palandrin, celle que je vois à travers les petits carreaux. Ici, tout le monde le sait, rien de mieux que marcher dans la mer pour soigner les chevaux, leur remonter le moral. C'est l'effet astringent de l'eau froide sur les circuits sanguins chauds. Au cours de la promenade, on s'est fait un film, imaginant comment Torpédo avait pu se faire mal. Au bout d'une heure à délirer, on a réussi à se mettre d'accord – un exploit ces temps-ci – sur un scénario : Zelly attaque le *ranchito*, le cheval blanc protège le noir, les sabots de Torpédo explosent les tuiles en vol, la tempête se fâche, ça mitraille, Torpédo ne suit plus le rythme infernal, « C'est la tuile », dit-il (ça, c'est de mon frère), la jambe craque, Torpédo serre les dents jusqu'à ce que Zelly aille jouer ailleurs. Pour conclure cette histoire, Torka fait une remarque pleine d'humour noir : « Sur ce coup-là, j'ai pris mon pied, pas toi, Torpédo ? »

Je digresse, encore.

C'est l'heure de disserter, pas de « cinémaner », comme dit Nolween. Mon regard s'évade de nouveau, attiré au loin par la baie de Pont-Mahé, sa longue et large plage en forme de coquille Saint-Jacques, ses grosses taches vertes, ses croûtes blanchâtres. Le crayon frotte sur le papier, la gomme efface, noir puis blanc… *L'œuvre d'art doit-elle nous faire comprendre la vérité tout en dissimulant un mensonge ?* Il est bientôt 17 heures, Lucas vient me chercher dans une heure, destination surprise, je suis stressée, le téléphone ne me fait aucun signe, pas même une notification d'Instagram. Pas normal. Et où est passé Jez ?

Je pourrais me lever, ouvrir la porte, dans le couloir crier : « JEZ ! », entendre son éternelle réponse : « Yep, pas dispo, laisse-moi un message ! » Mais non, j'ai la flemme, je réveille mes deux pouces :

T où ?

Pas de réponse. A-t-il quitté sa chambre, qui est séparée de la mienne par une salle de bains commune ? Est-il allongé sur son lit, le casque sur les oreilles ? Je me lève, tape à sa porte, l'entrouvre. Personne. Il a disparu avec son téléphone, sans que je l'entende, et ça m'inquiète.

L'escalier me dépose au rez-de-chaussée, cuisine, salon, le surnom de mon frère résonne sur la grande bibliothèque. Je lui téléphone : messagerie, direct. Je pose mon portable sur la table basse. Un rayon de soleil rasant éclaire un tableau signé du prénom de mon père, Paskal, du temps où il jouait du pinceau, fuyant les colères froides de ma mère, Villanelle, en s'isolant dans son bureau… À côté du cadre, une photo de lui, mon Tatig, casque de pompier sur la tête, les joues noircies par le feu qu'il est désormais allé combattre en Guyane. Après avoir passé des années à piller la mer avec son chalutier, il a changé de carrière et s'est pris d'amour pour les arbres.

Je sors sur la terrasse, Jez m'a jonglée, il s'est barré, pourquoi ne m'a-t-il rien dit ?

Je traverse le jardin, foule l'herbe verte, le soleil me fait de l'œil, l'air frais s'abat sur mes lèvres, je m'approche rapidement du *ranchito*, notre petite maison de bois qui comprend un grand box, deux places, une cuisine à foin, et un salon fourre-tout. Jez doit être en train de masser la jambe de Torpédo. Mais non, le cheval blanc est seul, il tourne la tête, son œil me parle : « Tu vois bien, Klervi, ils sont partis tous les deux. Jez ne t'a pas prévenue, c'est ça ? »

Je manque de m'étrangler. Mon salaud de frère s'est tiré avec mon Torka, sans m'avertir ! Ces temps-ci, Jez est bizarre, pas net, c'est vrai. Et il me bassine avec Lucas, à me dire : « Je ne comprends pas ce que tu fais avec un mec pareil, pourquoi tu passes plus de temps chez lui qu'à la maison. » Il me culpabilise, style : « Tu pourrais aider maman ; depuis que Tatig est parti, tu vois bien qu'elle ne peut pas tout faire, la poissonnerie, le ménage, les courses, la route. » Tatig, papa, va revenir. Sa mission de lutte contre les grands feux en Guyane prend fin dans deux mois. Chaque fois, je renvoie la balle à mon frère : « T'as qu'à devenir pompier comme lui, au lieu de te lamenter sur le sort de la planète, de manifester tous les vendredis sans rien faire d'autre. » Bref, des conversations à dormir debout – un truc que nos chevaux savent faire, eux.

Où mon frère a-t-il emmené Torka ?

J'hésite à aller récupérer mon portable sur la table basse. La plage est à trois minutes à vélo, dix à pied en sautant le mur qui sépare le jardin des rochers du Bile, puis en marchant sur le chemin avant de rejoindre le sable. Je crois apercevoir un cavalier sur la plage située à cinq cents mètres à vol de mouette, non loin de Pen-Bé, le cap d'en face, plein sud. Pas besoin du téléphone, les coups de pédale vont calmer ma colère.

Le vélo file à toute allure, vire à droite, route de l'Espernel, rejoint le parking du moulin de la Verrie qui borde la plage, la pente est douce, elle m'autorise à me lever, jambes droites, nez au vent, rien à l'horizon, pas même un pêcheur à pied. Je lance le vélo à terre, bondis sur le sable sec, rejoins la pointe de l'Espernel. En haut de la dune, le vent me saute aux yeux, comme le décor. Au large, les nuages se reflètent sur les flaques de sel, la symétrie est parfaite, c'est beau à en pleurer. Mais la plage porte les stigmates que nous a laissés Zelly. Un suaire blanc, vert et gris. Depuis un été indien caniculaire, les algues vertes ont envahi nos plages. Des algues qui se décomposent et qui puent l'œuf pourri. Des algues qui ont défiguré notre paysage, poussé les touristes à bouder la baie. Même les chevaux y vont à reculons. Le ballet des tracteurs n'a pas pu tout nettoyer. Et Zelly a remis le couvert, des tonnes et des tonnes d'infâmes laitues sorties du ventre de la mer. Certains ont dit : « Zelly a vomi la merde des hommes, on n'a que ce qu'on mérite », d'autres ont fait l'autruche, la tête dans le sable : « Ce n'est rien, on contrôle la situation. » Les journalistes sont partis comme ils étaient venus, un spectacle à vendre ailleurs. Les faits divers, c'est comme les marées vertes et les tempêtes, ça va, ça vient...

Je cligne des yeux, aperçois à cinq cents mètres environ une tache noire posée sur un magma blanchâtre.

Torka ?

Courir, éviter de réfléchir, chasser l'image de mon cheval noir qui se serait noyé dans une flaque d'eau salée. Ne me flingue pas le moral, Jez, ne me fais pas ça. Je zigzague entre des tas d'algues, gris, blancs, ça pue tellement !

C'est Torka, c'est lui, je reconnais sa robe. Mon cheval, mon œuvre d'art, pas un beau mensonge. Je ne rêve pas, je tousse à en vomir. Torka ne bouge pas d'un poil. Je contourne une pile d'algues d'un bon demi-mètre de haut, d'un insupportable parfum de scandale, l'adrénaline me donne l'impression de voler même si le sable mollit sous mes baskets, même si les bourrasques de vent me tirent des larmes.

La baie est un tableau, le pinceau dessine mes pas, pointillés qui avancent vers un cheval noir posé sur une croûte blanchâtre. Deux lignes encadrent mes pas, les traces d'un quad passé là plus tôt et, au milieu, celles d'un quadrupède au galop. Le pinceau arrête sa course folle, Torka enlisé jusqu'à la croupe, Jezequel effondré sur sa robe noire. Je pose les mains sur mes hanches, cherche mon souffle, ça pue grave, je vais vomir, c'est sûr. Ce que je vois est irréel. Non, pas irréel, et ce n'est pas une œuvre d'art ni un mensonge, c'est une laide réalité.

« Va te faire foutre, Stendhal ! »

Je grimpe sur le tapis de laitues séchées, l'odeur est épouvantable. Les pattes de Torka ont été englouties par le magma. Jez est allongé contre lui, comme s'il avait cherché à se blottir pour se protéger des infâmes cadeaux de Zelly. Le parfum d'œuf pourri m'oblige à me pincer le nez. De l'autre main, je secoue mon frère, il ne bouge pas d'un pouce, mou comme du beurre fondu au soleil. Une claque, deux. Que s'est-il passé ? Je crie :

– Jez ! Jez, tu m'entends ?

Il faut le sortir de là, appeler les secours, merde, mon téléphone, je l'ai laissé au manoir !

J'inspire le moins d'air possible, l'odeur est insoutenable. Je prends Jez sous les aisselles, le tire de toutes mes forces, mais je m'enfonce, il est trop lourd. Je reprends légèrement mon souffle, j'entends comme un bruit de pneu qui éclate, et puis plus rien.

CHAPITRE 2

ENTRE LA VIE ET LA MORT

Mes paupières sont lourdes, ma gorge sèche, je sens une pression sur l'avant-bras gauche. « Klervi, si vous m'entendez, clignez des yeux. » La voix est douce, je bouge les doigts l'un après l'autre, comme si je montais la gamme au piano, j'entends des bips. L'infirmière, penchée sur moi, laisse échapper un léger sourire. Elle porte des lentilles bleu outremer, un collier en argent sur sa peau mate. Elle me dit que je suis à l'hôpital, je dois rester calme, le docteur ne va pas tarder. Je ne suis pas allongée, presque assise, je suis étrangement paisible, je sens comme une paille dans chacune de mes narines, le magasin de mes souvenirs est fermé à double tour. Il me faut une longue minute pour reprendre mes esprits, me rappeler qui je suis, Klervi Marzan. Les choses me reviennent petit à petit, chez moi – *Ty Davarn* –, maman – Mammig, Villanelle –, mon amoureux, Lucas Royer, mais impossible de me rappeler pourquoi je suis à l'hôpital.

– Bonjour Klervi, je suis le docteur Tambornez.

Elle est sortie de nulle part, entourée d'un banc de médecins aux visages blancs et lisses qui semblent lui tourner autour.

– Qu'est-ce qui m'est arrivé ?

– Vous êtes à la cité sanitaire, à Saint-Nazaire, au service de réanimation. Et ça, dit-elle en pointant le doigt en direction de mon nez, ce sont des lunettes à oxygène.

– J'ai eu un accident ?

– Un petit arrêt respiratoire, on en reparlera plus tard. Comment vous sentez-vous ?

– C'est grave ?

– Vous ne vous souvenez de rien ?

Je secoue la tête.

– Jusque-là, vous avez fait preuve d'un sacré tempérament. Mais avec des yeux pareils, ajoute-t-elle, ça n'a rien d'étonnant : vous avez l'âme d'une battante, un cœur qui résiste à tout.

Quand j'étais petite, avant de me laisser devant la porte de l'école de Pénestin, Tatig me fredonnait : « Tu as les yeux revolver, tu as le regard qui tue… » J'y croyais dur comme fer, mais j'avais beau fixer mes pires ennemis dans la cour, ça ne marchait jamais. Un soir, je suis montée sur un tabouret, j'ai attrapé une lampe, un miroir, mais pas de revolver en vue, non, juste une pupille ronde, noire, et tout autour, des milliers de fleurons jaunes, verts et gris, comme un champ de tournesol. Mammig le dit souvent : « On ne se regarde jamais d'assez près. »

– Mammig…

– Votre mère va bientôt arriver.

La médecin aux boucles blondes se tourne vers ses collègues, parle à voix basse.

– Klervi, reprend-elle, nous allons vous garder en observation deux jours, ici en réa, et si tout va bien, vous serez ensuite transférée en médecine polyvalente.

– Il est quelle heure ?

– Un peu plus de 14 heures.

– Je suis où ?

– C'est le niveau de conscience qui revient, explique-t-elle à son aréopage en blouses et masques blancs, avant de me répéter d'une voix légère : À l'hôpital de Saint-Nazaire, pas très loin de chez vous.

– On est quel jour ?

Elle laisse échapper un sourire en guise de réponse.

Mon cerveau commence sa lente reconfiguration géographique. Saint-Nazaire est situé sur la Loire, pas loin de l'embouchure de la mer. Les quais, les chantiers d'où sortent les plus gros paquebots de croisière. À l'ouest, Pornichet, la maison de Lucas, et tout au bout de la presqu'île de Guérande, Le Croisic. Ça va, je n'ai pas perdu la tête, ni le nord, je vois très bien sur la carte de ma mémoire le port de La Turballe, Piriac-sur-Mer, Quimiac et Pénestin. Chez moi.

J'ai la bouche pâteuse, des picotements irritent mes narines, j'ai du mal à déglutir. On est quel jour ? La toubib n'a pas répondu à ma question.

– J'ai eu un accident ? Qu'est-ce qui m'est arrivé ?

Elle attrape ma main droite, la caresse, ses doigts sont chauds, elle porte une alliance en argent sertie de diamants, passe du « vous » au « tu ».

– Un randonneur t'a retrouvée sur la plage, près de chez toi.

– Sur la plage de la Mine d'or ?

– Non, sur celle du Palandrin.

D'un regard, elle intime au gang des blouses blanches de quitter la chambre.

– Klervi, tu as été victime d'un œdème pulmonaire, probablement dû à une exposition très forte au sulfure d'hydrogène, le gaz qui se dégage des algues vertes en décomposition. Sur la plage près de chez toi. Gaz, œdème, perte de connaissance, précise-t-elle en pointant de son index mes poumons et mon front. Tu as frôlé l'arrêt cardio-respiratoire.

Elle guette ma réaction, mais je suis comme paralysée. Ne me souviens de rien.

– Tu l'as échappé belle, poursuit-elle, ce qui n'a pas été le cas pour le cheval, *ton* cheval, je crois savoir.

– Torka est mort ?

C'est sorti comme une balle, mais pas de mes yeux.

– Il n'a pas eu le temps de souffrir. Ses sabots ont percé le tapis toxique, ses voies respiratoires ont été instantanément asphyxiées. Cyanose des muqueuses, mort brutale.

– Ce n'est pas possible, Torka n'est pas…

Ne pas fondre en larmes, inspirer profondément, tenir éloignées les quelques images mentales qui refont surface, Torka, sa robe noire, brillante, ses grands yeux, ses grandes dents, ses grandes oreilles, les folles courses sur nos plages à marée basse.

– Je suis désolée, dit-elle. Je sais que la perte d'un animal nécessite un travail de deuil et…

– Et mon frère, où est-il ?

– Ton frère…

– Oui, Jez ?

– Jezequel, dit-elle avec un sourire forcé, est dans une chambre, à côté.

– En réanimation ? Comme moi ?

– Oui, à la différence près qu'il ne s'est pas encore réveillé.

L'écran de son téléphone illumine la poche de sa blouse, elle se tourne, elle dit : « Oui, justement. Cinq minutes, pas plus. » Je ne parviens pas à comprendre pourquoi Jez est aussi à l'hôpital.

La porte s'ouvre, la médecin invite ma mère à franchir le seuil, un homme dans son sillage, le visage barré d'une épaisse moustache. Le cousin Charles. Je ferme subitement les yeux, je ne veux pas voir l'évidence, l'inquiétude dans le regard de Mammig. Elle prend de mes nouvelles auprès du docteur, « Elle pourra sortir dans quatre ou cinq jours », Charles ne peut pas s'en empêcher, il ajoute : « La chance sourit aux audacieux, et Klervi a de l'audace à revendre ! »

Mammig ne m'embrasse pas, elle m'observe les bras croisés, comme si j'avais fait une bêtise :

– Comment vas-tu, ma chérie ?

Ses yeux noirs ne cillent pas, elle ne s'est pas maquillée, n'a pas caché ses cernes, sa peau est blanche. Charles a posé ses larges mains sur ses épaules, il la soutient contre vents et marées, c'est son cousin germain, j'ai toujours pensé qu'il avait le béguin pour sa *keniterv*.

– Tu as vu Jez ?

– Pas encore.

Elle toussote avant d'ajouter, la gorge serrée :

– Les docteurs ont plongé ton frère dans un coma artificiel. Les algues, comme toi…

– Dans le coma ?

Un ange passe dans la chambre, chassé par Charles, qui vient m'embrasser. Le cousin, ce n'est pas le style à dire qu'il est désolé pour ce qui nous arrive. Ce qui le désole dans la vie, c'est de ne pas pouvoir parler tout le temps. C'est un éloquent, recherchant perpétuellement un coup de théâtre pour avoir le dernier mot lorsqu'il plaide au tribunal. Il se lisse la moustache, et soudain l'odeur d'œuf pourri me revient en mémoire. Les algues. Le gaz. La plage. Le vélo, le téléphone laissé sur la table basse, les petits carreaux.

Toute œuvre d'art est un beau mensonge.

Je voudrais revenir en arrière, rembobiner le fil de ma vie, retourner dans l'escalier qui monte aux chambres, « rendez-vous là-haut », prendre Jez par la manche, le ligoter sur mon lit, « pas bouger, frère », attendre sagement qu'il me parle des romans ou des poèmes qu'il aime. Jez, c'est un poète qui s'ignore, il « dérape », s'amuse à changer le sens ou l'ordre des mots que d'autres ont écrits, dans des raps, par exemple « Rendez-vous là-haut » de BigFlo & Oli :

> *Ma montre me répète que la vie doit continuer,*
> *Mes amis me rappellent qu'un jour je te rejoindrai.*

J'imagine Jez attaché, il me déteste, il doit partir, « Tais-toi, frère, prends ton temps, réfléchis à ce qu'a écrit Stendhal : est-ce que toute œuvre d'art est un beau mensonge ? ». Je l'imagine se marrer, un rire bref, hautain, et improviser : « Tout mensonge est une belle œuvre d'art », puis me narguer sous ses sourcils épais :

> *En attendant je fais la fête et je me mets à chanter,*
> *rendez-vous là-haut…*

Charles me sort de ma rêverie en assurant haut et fort : « Je vais lâcher les chiens ! » Avec ma mère, la famille, les amis, ses relations à Paris, ils comptent se battre pour faire éclater la vérité au grand jour. L'avocat va attaquer, briser les industriels responsables des marées vertes, ceux à cause de qui des tonnes d'algues sont jetées sur nos plages, asphyxiant la vie, engendrant la mort. C'est un enjeu de santé publique, le salut du tourisme breton, une lutte indispensable contre les atteintes à l'environnement. Cinquante ans que ça dure ! La faute – en plus des étés indiens de plus en plus chauds et des tempêtes de plus en plus fréquentes – aux nitrates, principalement issus de l'agriculture, qui boostent la croissance des algues. Le cousin poursuit son plaidoyer en lissant sa moustache, il me fatigue. Mon regard croise celui de Mammig, elle n'a pas besoin de parler, son chignon est en désordre, elle est encore plus seule que le jour où elle a accompagné Tatig sur le quai de la gare, où elle a vu le père de ses deux enfants partir combattre les incendies en Guyane. L'abandonner. C'est comme ça qu'elle l'a vécu. Je le sais parce que, cachée derrière la porte du salon, j'ai assisté à un lancer d'assiettes dans la cuisine et entendu mon père crier que ça allait leur faire du bien de mettre un océan entre eux et qu'elle devrait être fière que son mari aille sauver les arbres des mégafeux qui accélèrent le réchauffement climatique.

Voilà. Tout me revient, maintenant.

Je revois le reflet des fines lèvres de Jez dans le miroir. On était dans notre salle de bains, double vasque, il avait du dentifrice sur le bout de son nez épaté. Il ne riait pas, non, ça ne le faisait pas rire de voir Mammig, Villanelle de Kervegan, devenue Villanelle Marzan, rester seule pendant un an.

Mon cœur se serre.

– Dans la famille, on n'a pas l'habitude de *branzigueller*, enchaîne Charles, fier d'avoir placé un « bretonnisme ». Comme tous ceux qui ont nos yeux couleur de mer en colère, Jezequel s'en sortira.

– Pourquoi Jez est parti avec mon cheval sur la plage ?

J'ai bien insisté sur *mon* cheval, pas *son* cheval. On avait un pacte, nous les jumeaux : *chacun son cheval*. Et malheur à celui qui…

– La malédiction a frappé à notre porte, marmonne ma mère.

– Villanelle, je t'en prie…

– Ton père est parti, me dit-elle, je n'aurais jamais dû accepter. Combattre les grands incendies, qu'il répétait, courage et dévouement…

– C'est la devise des pompiers, ajoute Charles.

– Il va revenir, dis-je, arrête de te lamenter !

– Ce n'est pas le moment de vous disputer…

– Klervi a toujours défendu son père, proteste Mammig, et s'il est parti…

– Tu l'as fait fuir, je corrige sèchement.

Habituellement, elle aurait tourné les talons, claqué la porte. Et crié sans se faire entendre. Depuis que Tatig est parti, elle a carrément jeté l'éponge avec moi. Par contre, elle est aux petits soins pour son fils adoré, et sa poissonnerie qui doit se faire belle afin de célébrer les fêtes de fin d'année. Comment va-t-elle se débrouiller si Jez reste à l'hôpital, lui qui prend toujours sa défense, l'aide à m'obliger à dormir au manoir plutôt que chez Lucas à Pornichet ?

Ma mère reprend :

– Je crois ce que m'a confié une cliente, à la poissonnerie. Son père avait disparu, comme ça, mime-t-elle avec un claquement de doigts, et elle m'avait dit : « Lorsque le père n'est pas là, c'est la malédiction qui frappe à la porte pour le remplacer. »

La tristesse fait trembler ses lèvres. Je voudrais qu'elle m'étreigne, me console, mais elle reste plantée là, les bras croisés à regarder dans le vague.

– Tu as averti Tatig ?

– J'ai laissé un message sur son répondeur, hier soir, précise-t-elle. Toujours pas de réponse.

– Aux dernières nouvelles, plaide Charles, les mégafeux sont devenus incontrôlables en Amazonie, on parle de dix millions d'hectares détruits, pire que les incendies en Australie. Paskal doit être sur le front, il n'a sûrement pas de réseau.

Ma mère se tasse, elle cherche une chaise du regard, gémit sous le poids des soucis.

– Pourquoi Jez est parti avec ton cheval sur la plage ? demande-t-elle. S'il était resté à la maison, il…

– Klervi, tu n'as vraiment pas la moindre idée ? s'enquiert Charles.

– Non, je ne comprends pas, il n'a jamais monté Torka sans me le demander, c'était un accord entre nous.

– Même en cas d'urgence ?

Je hausse les épaules, je ne sais pas, le cas ne s'est jamais présenté. Charles encourage sa cousine d'un tendre regard.

– Klervi, dit-elle en se raclant la gorge, les gendarmes cherchent à déterminer ce qui s'est passé sur la plage.

– C'est la faute de Jez, il n'avait pas à prendre Torka et…

– Ne commence pas ça ! crie ma mère, ce qui fait sursauter Charles.

– Ne nous fâchons pas, intervient-il. La colère est l'ennemie de la famille.

Dans le silence qui suit, j'essaie de remettre mes idées en place.

– Ce n'est pas Jez qui a provoqué la mort de Torka, poursuit Charles. C'est la marée verte. C'est la tempête Zelly qui a vomi ses tonnes de laitues sur les plages. Sans compter celles qui étaient stockées dans la baie depuis la fin de l'été. C'est la mairie qui a oublié de poser des barrières et des pancartes en interdisant l'accès.

– C'est ça le problème, acquiesce ma mère.

– Car, on est bien d'accord, enchaîne le cousin, reprenant son argumentaire : pas d'agriculture intensive, d'élevages massifs de veaux, vaches, cochons, poulets, pas de déjections animales, pas de produits chimiques, donc de nitrates et d'azote qui engraissent les algues… pas de marée verte. Donc, pas d'accident. Et celui de Jezequel n'est pas le premier, loin de là.

Je ferme les yeux, je ne veux rien savoir de plus, pas maintenant. Je pense à Torka. J'entends ma mère dire qu'une tempête médiatique se prépare, les journalistes vont se jeter sur l'accident comme des goélands sur des vers de sable, ils sont déjà devant l'hôpital, « Ils vont nous pourrir la vie, et ça, je n'en veux pas, Charles, pas tant que Jezequel n'est pas sorti d'affaire, on est bien d'accord ? ».

L'infirmière aux yeux outremer entre dans la chambre, Mammig m'embrasse enfin sur le front, Charles lève le poing en l'air, à notre victoire à venir. Je me retrouve seule, des sanglots envahissent mon âme, je suis une serpillière, bonne à rien, juste à me ronger les sangs à cause du vomi de Zelly et des merdes des poulets élevés en batterie.

CHAPITRE 3

FÊTE VOTRE MÉTIER

– Klervi ?

J'ouvre lentement les paupières, je suis zen. Ses yeux brillent.

– Lucas, viens !

Je lui tends la main, il me fait sa marée de bisous, je souris. Je revis. Il a coupé ses cheveux, laissé une mèche sur le front, rebelle et cuivrée, celle que j'aime lui tresser. Ses yeux sont amers, le vert bouteille a viré au marron glacé, il ressemble terriblement à son oncle, Lucien, nez en trompette, une ride de génie qui lui barre le front. Il m'embrasse du bout des lèvres.

– Ça va ?

– Je fais le plein d'oxygène, dis-je en désignant les tuyaux qui sortent de mes narines.

– Ça te donne des hallucinations ? blague-t-il en me voyant sourire.

Lucas aime les sensations fortes, conduire vite, prendre des risques, bosser jusqu'à pas d'heure, à bientôt 19 ans. Je revois mon père affirmer, sur son ton faussement professoral : « Il n'en finit pas de repousser les limites de l'adolescence, même s'il est déjà entré de plain-pied dans la vie active. »

– Et toi, ça va ?

– J'ai pas dormi de la nuit… comme la précédente.

– Tu es au courant pour Jez et Torka ?

– Qui n'est pas au courant ? dit-il en sortant son téléphone de son blouson. Depuis hier, ça fait le buzz sur les réseaux…

Je grimace.

– Pardon, désolé, bafouille-t-il.

– Depuis hier ? On est quel jour ?

– Vendredi. Tu es arrivée ici mercredi soir, tu ne t'en souviens pas ?

– Tu n'es pas venu me voir avant ?

– Hier, tu n'as eu droit qu'à une seule visite, ta mère et…

– Charles, oui, je me rappelle.

Son téléphone n'arrête pas de vibrer.

– Lucas, tu ne m'as pas rapporté mon portable ?

– Non, dit-il. J'ai essayé de t'appeler, tout le monde a essayé. Tu ne l'as pas avec toi ?

– Je l'ai laissé dans le salon, au manoir, avant de…

Je revois le début de la séquence, celle qui m'a fait plonger en enfer et me réveiller ici où tout est blanc.

– Ta mère t'a dit pour l'autopsie de Torka ?

– Quoi ?

Ce mot horrible – autopsie – me laisse bouche bée, j'ai l'impression qu'on m'enfonce une lame dans le ventre.

– C'est la procédure, précise Lucas en me serrant la main, l'enquête, les gen…

Il marque un temps d'arrêt. S'il y a un mot qu'il n'aime pas prononcer, lui, c'est bien celui-là : gendarmes. Lucas, il serait plutôt à ranger du côté des voleurs. Oh, ce n'est pas bien méchant, c'est ça quand on est toujours à repousser les limites, et à braconner. Et puis ce n'est pas sa faute : c'est un truc de famille. Les Royer sont les propriétaires des Marées de l'Atlantique, la plus grosse entreprise de mareyage de la région. Ça, c'est la partie émergée de l'iceberg. Car les Royer tirent une grosse partie de leur fortune d'activités illicites. Comme dit son père, Paul, en joignant le geste à la parole : « Un bras d'honneur à l'autorité, ça fait jamais de mal ! » C'est ce que j'aime chez mon Lucas, son côté chien fou, un peu hors-la-loi, Arsène Lupin des marais de Guérande.

– Les gendarmes sont au boulot, ça change un peu, chambre-t-il. Faut dire que les médias en parlent de partout, on croirait que les marées vertes ont englouti la Bretagne, c'est vraiment…

Mes yeux grands ouverts l'arrêtent au milieu de sa phrase.

– Pardon, je m'excuse…

– Combien de fois il faudra que je te le répète, Lucas ? On ne dit pas « je m'excuse », mais…

– Tu veux bien m'excuser ?

Il sait y faire, le bougre, à baisser d'un ton pour se faire pardonner. Mais il est ailleurs, préoccupé, et pas seulement par moi, je le sens, il me cache un truc…

Je n'ai pas le temps de lui répondre, la porte s'ouvre : ma mère m'offre à voir ses longs cheveux bruns, Lucas lui marmonne un bonjour en planquant le téléphone sous le drap, je sens le matelas qui vibre, je pousse l'appareil sous ma cuisse.

– Il faut que je te parle, me dit-elle sans adresser un regard à Lucas. Ce ne sera pas long.

J'opine d'un battement de paupières, elle s'approche, de la lumière brille dans ses yeux couleur de mer en colère.

– Jez s'est réveillé ?

– Non, pas encore… Mais la bonne nouvelle, c'est qu'il n'a pas de lésion cardiaque.

– Et papa, des nouvelles ?

Elle hausse les épaules comme si c'était normal que Tatig n'ait pas encore répondu. Je chasse les idées noires qui m'envahissent, observe Lucas, ses doigts enroulés autour des miens.

– Les gendarmes, ajoute-t-elle, sont dans la salle d'attente, ils voudraient te poser quelques questions. Charles te conseille de les aider. Plus vite on y verra clair, plus vite…

Elle cherche la suite, évite les brefs coups d'œil de Lucas. Je suis peut-être parano, mais j'ai l'impression qu'ils se sont pris la tête, tous les deux.

– Lucas peut rester ?

Leurs regards se croisent le temps d'un éclair.

– Non, répond-elle avec autorité, il a déjà été entendu. Lucas ?

Elle a prononcé son prénom, l'air de dire : « Lucas, tu dégages. » Je me fais sans doute un film, mais je suis comme ça. On est comme ça, avec Jez, et aussi avec Lucas, on se fait des films en permanence, c'est notre façon de cultiver notre imagination.

Lucas ne bouge pas d'un pouce. Mammig n'insiste pas, elle sort et ferme la porte derrière elle.

– Lucas, tu veux rester ?

– Non, non. Je vais sortir, t'inquiète.

– Pourquoi les gendarmes t'ont interrogé, toi ?

– C'est la procédure, élude-t-il sèchement. Ils m'ont posé quelques questions, c'est tout.

– Mais pourquoi ?

– Parce que je suis avec toi, murmure-t-il en me posant la main sur le ventre. Juste ça, c'est rien, vraiment…

– Ce n'est pas le moment de mentir, allez…

On frappe à la porte. Lucas retire sa main, range son portable, il s'approche de mes lèvres, je parle la première, mon cœur bat de plus en plus fort.

– Reste, s'il te plaît.

– Ils ne vont pas vouloir, de toute façon, marmonne-t-il alors qu'on frappe une nouvelle fois. Je reviens demain, promis, ma belle étoile.

Il m'embrasse du bout des lèvres, se lève et se dirige vers la porte.

– Tu veux me faire plaisir ?

Il attend avant de se retourner, il me cache vraiment un truc.

– Évidemment, dis-je, quelle question !

Il revient à mon chevet.

– Ne parle pas de Clovis, d'accord ?

– Clovis ? Mais qu'est-ce qu'il a à voir là-dedans ?

– Je t'expliquerai.

Il tourne à nouveau les talons, ouvre la porte, se cache presque derrière, laissant entrer deux individus, un homme en uniforme qui le toise, une femme, en civil, pantalon noir, pull bordeaux à col roulé, qui l'ignore et s'avance vers moi.

– Bonjour Klervi, je suis la major Victoire Redord, de la gendarmerie de Rennes. Voilà le gendarme Gabriel Beaumont, de La Roche-Bernard.

Je lance un timide bonjour, la tignasse rousse de Clovis me revient à l'esprit. Clovis… celui-là, il faudrait l'inventer ! Clovis, un mec qui traficote avec Lucas dans les marais. Même âge, bientôt 20 ans. Un fou furieux capable de tirer sur les gendarmes avec son fusil de chasse.

– Nous sommes en charge de l'enquête, annonce la major, concernant l'accident sur la plage et…

Voilà que, tout à coup, je pleure à chaudes larmes. Le docteur dirait sûrement que je suis revenue en pleine conscience, un choc post-traumatique. Les lunettes à oxygène me gênent, je serre les poings, tords le drap, la major plisse les lèvres, elle est désolée, ça ne sera pas long, trois, quatre questions, pas plus. Je me reprends, opine de la tête. Je ne sais pas ce qu'ils attendent de moi, mais moi, je dois résoudre ce qui me turlupine : le rôle de Clovis dans cette histoire.

Ils sont de part et d'autre du lit, échangent un rapide regard.

– Est-ce que vous pourriez nous raconter ce qui s'est passé, du moment où vous avez quitté… – elle sort un petit carnet rangé dans la poche arrière de son pantalon, l'ouvre, lit – *le manoir de Davarn*, jusqu'à la découverte de votre frère et de votre cheval ?

J'inspire, me lance à l'assaut de ma mémoire, j'essaie d'être la plus précise possible, j'insiste sur l'odeur d'œuf pourri, je cours vers une tache noire, je zigzague sur la plage, j'arrive au pied d'un gros tas d'algues en décomposition, Torka ne bouge pas d'un sabot, Jez pas d'un pouce, ils sont enlisés, je dois sortir mon frère de la marée verte. L'explosion, *boum*, comme un pneu qui éclate. Le trou noir. Et la chambre blanche, ici.

Le gendarme n'a pas perdu une miette de ce que j'ai dit, je me rends compte qu'il ressemble un peu à l'acteur Jonathan Daviss, qui joue dans la série *Outer Banks*, une chasse au trésor diffusée sur Netflix, ses dents sont très blanches et…

– Vous n'avez croisé personne ? demande la major qui, elle, ne ressemble à aucune actrice que je connaisse.

– Non.

– Pas remarqué un détail en particulier ?

Pour la première fois depuis que je suis ici, j'ai faim, mon ventre gargouille.

– Un détail en particulier…, je reprends. Ah si, ça me revient : sur la plage, j'ai suivi les traces d'un quad.

– Un quad ? intervient Beaumont-Daviss. Qu'est-ce qui vous fait dire ça ?

– Ben, les traces sur la plage, quatre roues, assez larges. J'en ai assez fait, que ce soit à la Mine d'or ou près de chez moi, pour savoir que…

Je me mords les lèvres, je viens de comprendre le message de Lucas. C'étaient les traces de son quad, probablement conduit par Clovis. C'est pour ça qu'il ne veut pas que je parle de lui ! Que faisait Clovis sur la plage avec Jez ? Non, impossible. Tous les deux, ils ne sont pas potes, si c'était le cas, je le saurais : de Pénestin à Saint-Nazaire, en passant par Guérande, tous les jeunes se connaissent, ou presque. Tout se sait, surtout ce qu'on cache aux adultes.

Qu'a voulu me confier Lucas en me disant : « Ne parle pas de Clovis, d'accord ? » ?

– Vous en avez assez fait pour savoir que… ? répète la major en attendant la suite.

– Pour savoir que ce n'étaient pas des traces de 4×4 ou de moto.

– Vous confirmez donc avoir suivi ces traces, lesquelles vont ont menée jusqu'au tas d'algues ?

– Oui.

Je sens que la partie de poker menteur risque d'être longue. Pourvu que Lucas ne soit pas mêlé, de près ou de loin, à la catastrophe.

– Jezequel, votre frère, ajoute-t-elle, comme si j'avais pu oublier le prénom de mon frère, avait-il des problèmes ces derniers temps ?

– Pas que je sache, non. Pourquoi ?

– Ne vous inquiétez pas, Klervi, poursuit-elle. Nous devons tout envisager, ouvrir toutes les portes pour connaître la vérité. Pour l'instant, et pour être tout à fait franche avec vous, nous travaillons sur deux hypothèses.

– La première, enchaîne le gendarme en croisant les bras, c'est celle d'un cavalier qui n'a pas croisé de quad, un cavalier qui a épuisé…

– Essoufflé, corrige la major.

– … essoufflé le cheval, reprend-il. L'étalon s'est enlisé dans les algues, le gaz mortel l'a tué sur le coup.

– Ça, c'est la moins plausible des deux hypothèses, le désavoue sa collègue sur un ton autoritaire. La seconde, c'est celle d'une course-poursuite entre un quad et votre cheval, ou plutôt votre frère sur le dos de votre cheval.

– Un rodéo qui aurait mal tourné, rebondit le gendarme. D'où la question qu'on vous a posée à l'instant : votre frère avait-il des rivaux, un contentieux en particulier ?

– Un rodéo ?

La major opine.

– Non, pas de rivaux, dis-je sincèrement, pas au point d'être poursuivi, en plein jour, par un quad…

Je ne suis pas Sherlock Holmes ni le docteur Watson, mais je devine que les gendarmes évoquent sans le savoir une rivalité entre mon frère et Clovis. Franchement, je sèche. Hormis qu'ils fréquentent le même lycée agricole, où, depuis la rentrée de septembre, ils ont bien dû se croiser, ils n'ont aucun point en commun.

– Avez-vous vu le quad rouler sur le sable ? ajoute la major.

– Non.

– Auriez-vous une idée de l'identité du pilote ?

J'hésite, fais non de la tête.

– Il apparaît que le quad était piloté par un certain Clovis Petitjean, déclare la major. Vous le connaissez ?

J'ai l'impression de recevoir un coup à l'estomac. Je revois mon Lucas me dire : « Ne parle pas de Clovis, d'accord ? », et je comprends que tous les deux sont dans la vase jusqu'au cou.

Qu'est-ce qu'ils ont encore fait ? Je dois en avoir le cœur net.

– Comment vous savez que c'était Clovis ?

– C'est notre métier..., répond le gendarme.

– ... de faire éclater la vérité, complète la major pour reprendre la main. Vous connaissez Clovis, n'est-ce pas ?

– Un peu, oui, son père travaille aux Marées de l'Atlantique, chez les Royer...

– La famille de Lucas, votre petit copain. C'est bien ça ?

– Oui.

– Pouvez-vous confirmer que le quad appartient bien à Lucas Royer ?

– Je ne sais pas...

– Lucas possède bien un quad ?

– Oui, mais je ne sais pas si c'était...

– C'était le sien, assène le gendarme.

– Mais comment vous le savez ?

– Grâce à des images de vidéosurveillance, explique la major. La plaque d'immatriculation ne ment jamais, et Clovis Petitjean ne portait pas de casque. Votre frère et Clovis se voyaient-ils régulièrement ? Se sont-ils affrontés dernièrement ?

– Pourquoi cette...

– Répondez, s'il vous plaît, conseille-t-elle, c'est important.

– Ils sont au même lycée, à Guérande, ils font un bac pro « productions aquacoles », et à Pénestin, on se connaît tous depuis l'enfance...

– S'ils s'étaient bagarrés, s'ils étaient en froid, votre frère vous l'aurait-il confié ? demande le gendarme.

– Il ne m'a rien dit.

– Existerait-il un conflit lié aux manifestations écologistes menées par votre frère à Guérande ?

– Car il me semble qu'il y avait, ajoute la major, des slogans pour sauver les espèces menacées d'extinction, celles qui font l'objet d'un important braconnage dans la région. Ça pourrait être vu comme une menace par les Royer et les Petitjean, non ?

– Je ne vois pas le rapport…

– Je vous rafraîchis la mémoire ?

– Vraiment, je…

– Un petit effort, Klervi. Sur les banderoles, il était clairement question de protéger les civelles. Vous voyez de quoi je parle, non ?

Les battements de mon cœur frappent à mes oreilles. Le rapport, il est clair comme de l'eau de roche : s'il existe un lien entre mon frère et Clovis, c'est la civelle, une petite anguille de rien du tout qui se vend plus cher que la cocaïne. Le business illicite de mon Lucas, c'est la civelle. Lui, Clovis, leurs pères, leurs familles – les Royer et les Petitjean. Ici, dans la presqu'île de Guérande, pêcher l'alevin d'anguille est une vieille tradition que les Royer ont transformée en industrie souterraine, et les Petitjean les y aident. Les billets de 500 euros que Lucas sort au casino, ils ne tombent pas du ciel… Pourquoi cette petite anguille de rien du tout est vendue sous le manteau et vaut si cher ? Parce que c'est une espèce en voie d'extinction, donc protégée. Et mon frère, depuis quelque temps, est de plus en plus engagé dans la défense de l'environnement et la protection de la biodiversité. Il manifeste tous les vendredis.

– Je ne me sens pas très bien, dis-je en remontant le drap vers mon menton.

Les gendarmes échangent un nouveau regard, je tousse volontairement dans mon coude, la major sort une feuille de papier d'un cartable qui avait échappé à mon attention, elle me la tend.

– Une dernière chose avant de vous laisser vous reposer. Voici la photocopie d'une lettre anonyme qui a été déposée dans la boîte aux lettres de la gendarmerie de Pénestin. Lisez-la.

Je l'attrape du bout des doigts.

C'EST UNE ACTION BIEN FÉE TRICE, POUR PROTÉGER LES ESPÈCES PROTÉGÉES, LA PLANÈTE, ON REVENDIQUE LA DESTRUCTION D'UN VIVIER CLANDESTIN DE CIVELLES, LE VIVIER APPARTENAIT AUX ROYER, ON L'A DÉTRUIT, ON A REMIS LES CIVELLES DANS LES MARAIS. FÊTE VOTRE MÉTIER, ON FERA LE NÔTRE, ON VENGERA JEZ, ON VENGERA TORKA.

SIGNÉ LE FLOU

Victoire reprend la photocopie.

– Le FLOU, on ne sait pas encore ce que ça veut dire ni ce que c'est, mais on doit prendre au sérieux ce qui est écrit dans cette lettre. Parce que son auteur fait le lien entre l'accident sur la plage et un élément nouveau, peut-être déclencheur : la destruction d'un vivier clandestin de civelles…

– Un vivier ?

La major lève les yeux au ciel, elle ne croit pas une seconde à ma fausse naïveté.

– La pêche à la civelle n'est pas interdite, elle est réglementée, explique-t-elle. Il y a des quotas. Une fois pêchées en bord de mer ou dans les fleuves, les civelles sont conservées dans des viviers et...

– Vendues à prix d'or, enchaîne son collègue. Actuellement, le kilo se négocie autour de 400 euros dans sa partie « commerce légal », pour une revente deux à trois fois plus cher.

– À ce prix-là, forcément, les braconniers se frottent les mains. Au marché noir, le kilo s'achète autour de 100 euros et se revend 300...

– 200 euros de bénéfice par kilo, sans taxe, sans charge : direct dans la poche ! conclut le gendarme.

Qui ne sait pas tout ça dans la presqu'île ? Les Royer, en tant que propriétaires des Marées de l'Atlantique, achètent et vendent des civelles de façon tout à fait légale. Une partie seulement. Car ils vont bien au-delà des quantités autorisées pour protéger la petite anguille de sa disparition. Le reste, ils le planquent dans des viviers clandestins, puis le revendent. En Espagne, on se l'arrache. Sans parler du Japon, de la Chine, alors que le commerce en dehors de l'Union européenne est totalement interdit. Des millions d'euros qui tombent dans les poches des Royer. *Un bras d'honneur à l'autorité, ça fait jamais de mal !*

– Il semblerait donc que Jezequel ait participé à la destruction d'un vivier clandestin appartenant à la famille Royer, qui, comme vous l'avez dit vous-même, travaille avec Alexandre Petitjean, qui n'est autre que le père de Clovis, récapitule le gendarme.

– Ce qui expliquerait la poursuite en quad, la volonté de Clovis de punir votre frère…

La major me fixe, guettant une réaction de ma part.

– On n'y travaille que depuis ce matin, mais c'est une hypothèse qu'on voulait partager avec vous. Car, si c'est le cas, Lucas Royer pourrait avoir une part de responsabilité dans ce qui est arrivé à votre frère.

– Lucas ? Non, ce n'est pas possible et…

– Et cette affaire, me coupe la major en fronçant les sourcils, pourrait vous faire courir des risques importants. Notre devoir, c'est de vous protéger, vous comprenez ?

En silence, je fais signe que non. Mais, dans ma tête, les paroles de Lucas – *Ne parle pas de Clovis, d'accord ?* – me font craindre le pire des scénarios.

CHAPITRE 4

LE BAISER DES JUMEAUX

Arrive le moment que je redoute plus que tout. Plus, même, que de revoir Lucas ou de me retrouver face au clan Royer. Ont-ils poussé Clovis à commettre l'irréparable ? Contre mon propre frère ? Et lui, a-t-il pu entrer dans ce FLOU sans même m'en parler ? A-t-il pu s'en prendre à un vivier appartenant à la famille de Lucas, mon amour ?…

Jez…

Ma mère me pousse légèrement dans le dos, je n'ose pas avancer. Dans mon ventre, c'est la tempête ; Zelly, à côté, c'est une jolie brise. Jez est là, allongé, pétrifié, intubé. J'avais prévu de lui faire face, de me fâcher, de lui dire ses quatre vérités, j'ai même écrit une chanson, quatre accords, posé mes doigts sur une guitare imaginaire, mais la réalité me sidère.

– Tu veux que je te laisse ?

Mammig a dû préparer ce moment comme elle ouvre sa poissonnerie, ancrée dans le centre de Guérande, en prenant des gants, en ne laissant rien au hasard. Son petit garçon… Enceinte, déjà, je l'imagine jouer au juge de paix entre lui et moi, la main sur son ventre, la voix sourde, grondant plus souvent celle qui prenait des coups que celui qui les donnait.

– Je veux bien, oui, dis-je pour leur montrer, à tous les deux, cul et chemise, que je suis capable d'assumer, que je ne suis pas qu'une princesse écervelée qui fantasme sur le train de vie de Lucas, et qui devrait penser à faire des études au lieu de rêver à un mariage dans un château, un haras en guise de cadeau royal.

Elle m'embrasse dans le cou, disparaît. Je prends la main de Jezequel, je dois résister, ne pas m'écrouler, je l'embrasse sur le front, sur les lèvres. Petits, jusqu'à ce que la puberté bride nos émotions, on se tenait la main, partout, dans le parc, sur la plage, au café du Centre où notre père se joignait à ses collègues patrons pêcheurs pour étancher sa soif de mal de terre, et dès qu'on se retrouvait tous les deux, sous les draps du lit de nos parents, on s'embrassait sur les lèvres.

Le baiser des jumeaux.

Si j'avais eu mon portable, j'aurais fait des recherches pour savoir ce qu'il faut dire à celui qui est plongé, artificiellement ou pas, dans le coma. Je lui murmure juste les paroles de ma chanson :

– Jez, nous sommes des jumeaux, une énigme de la nature qui a fait naître des contes, tu es ma légende, on s'est toujours aimés, parfois déchirés. Je sais que tu m'entends, je ne te lâcherai pas, tu survivras, Torka est parti, il n'a pas survécu, tu m'entends, Jez, toi, tu vas vivre.

Mon double ne bouge pas, je râle, haut et fort, il doit ressentir la moindre virgule que je tente de faire entrer dans son cerveau.

– Je ne pourrai pas vivre un jour de plus sans toi. On deviendra vieux, très vieux. On conjuguera au futur chanter, rire, danser, jurer, dire, noter, lire, rêver, c'est le rap que j'ai écrit pour toi. T'es mon roc, Jez. Chacun de nous donnera vie à des jumeaux, des vrais, pas comme nous, des monozygotes, même sexe, même code ADN.

J'approche mes lèvres de son visage, lui offre un autre baiser, nez contre nez, celui qui nous faisait rire quand on était petits, celui qu'on se donnait sûrement dans le ventre de notre mère après nos matchs de boxe, nos cordons en bandoulière. On ne s'en souvient pas, bien sûr, mais c'est un épisode de notre légende à nous, qu'on raconte à tous ceux qui sont impressionnés, émerveillés, par le fait que ceux qui se ressemblent s'assemblent.

– Jez, s'il te plaît, ne plonge pas, on ne peut pas se quitter comme ça, pas sur…

Je recule d'un pas, je n'ose pas finir ma phrase.

Se quitter sur un malentendu ?

Les points d'interrogation me rendent folle. Pourquoi tu as pris Torka ? Avais-tu rendez-vous avec Clovis ? Comment as-tu pu aller t'enliser dans les algues pourries ? Franchement, Jez, je ne sais pas ce qui me retient de hurler. Jez, merde, qu'est-ce que tu as fait ? Qu'est-ce qu'il t'a fait, Clovis ? Tu sais ce qu'il m'a dit, Lucas, avant que je voie les gendarmes, ben oui, on en est là, tu le crois ou pas, il y a une enquête en cours, et il m'a dit…

Ne parle pas de Clovis, d'accord ?

Je tousse à cracher. Depuis hier, je me refais le film, le pire scénario que nous aurions pu imaginer ensemble, les pieds dans le sable de la plage du Palandrin. Un film entre le thriller et l'horreur, où il serait question d'une bande de jeunes qui auraient décidé de faire péter un vivier de civelles clandestin, histoire d'emmerder les braconniers.

Est-ce toi qui as créé ce FLOU ? Et qu'est-ce que ça veut dire, d'abord, le FLOU ? Je les imagine bien, tes potes – *nos* potes – David et Mehdi orchestrer la destruction du vivier, fiers de combattre ceux qui pillent les océans. Mais toi ?

Je ne t'en veux pas, Jez. Tout à l'heure, on me transfère en médecine polyvalente, je vais bien, j'ai de la chance, dans deux jours, je retrouve le manoir. *Ty Davarn*. Promis, je m'occuperai de Torpédo, je ferai tout pour calmer les esprits. Imagine un peu le bordel que vous avez foutu ! Les Royer doivent être fous de rage, la saison de la pêche à la civelle vient de commencer, ils vont devoir faire profil bas. À cause de toi, ils risquent de se retrouver avec une enquête sur le dos. C'est pas la première fois, je sais, c'est pas ton problème, je sais ; c'est le mien maintenant.

CHAPITRE 5

TRADITION ET TENTATION

J'ai changé de chambre. J'ouvre les yeux, je suis allongée sur le côté droit. Ma vue se trouble, le parfum d'un gros bouquet de roses blanches et rouges m'enivre. Je n'ai pas raconté à Lucas ma discussion avec les gendarmes. Juste le strict minimum.

Je repense au FLOU. Jez, David, Mehdi. Louise ? Non, pas cette enfant sage de Louise… Et Nolween ? Elle aussi est très engagée dans la défense de la biodiversité. Avec son père inspecteur de l'environnement, elle a de qui tenir ! Est-il possible qu'ils m'aient tous caché un truc pareil ?

– Klervi ?

Je sursaute, me tourne à bâbord ; si j'étais un pirate, j'aurais sorti mon épée, coupé la langue du serpent.

– Je ne vous avais pas vue.

– Je suis arrivée il y a cinq minutes, dit la major en regardant sa montre. J'ai poussé la porte, tu dormais d'un sommeil agité, je me suis dit que tu n'allais pas tarder à te réveiller. Alors je suis restée en me faisant toute petite.

Comme le docteur, elle est passée du « vous » au « tu ». Un autre jeu débute, je devine qu'elle va poser ses cartes sur la table.

– Il faut que je te parle, dit-elle, c'est urgent.

– Vraiment ?

La major s'est légèrement maquillée, un trait de rouge à lèvres mat, son visage est rond, ses yeux marron, elle étire son œil avec de l'eye-liner, son col roulé a changé de couleur.

Elle se lève, fait trois pas en direction de la porte. Son pantalon est trop serré, et son pull informe. Si Colette, la grand-mère de Lucas, la voyait, d'un coup d'œil elle la jugerait désintéressée par l'argent, donc par la gloire. Elle s'y connaît, Colette. C'est elle qui gère les finances des Royer. Le paquebot des Marées de l'Atlantique, l'entreprise de mareyage qu'elle a elle-même créée au siècle dernier à La Turballe, et toute l'économie souterraine qui va avec. Le cerveau du clan se situe sous ce front ridé couvert de sueur salée. Colette, aussi sèche qu'un hareng fumé.

Victoire Redord croise les bras, pose un doigt sur sa bouche, elle réfléchit à ce qu'elle va me dire.

Finalement, elle attrape une boîte de chocolats, me la tend, du noir, bio, équitable, ça vient de l'Attelier, avec deux T, « Tradition et Tentation ». Je me laisse tenter, ça fond dans la bouche, la fleur de sel redore mon palais, c'est trop bon, j'en pique un autre, l'engloutis.

– Comme je te l'ai dit hier, il est de mon devoir de te protéger. Je vais donc aller à l'essentiel : si tu as été témoin de quoi que ce soit, Klervi, concernant le trafic de civelles ou autre, tu dois m'en parler. Ces gens-là ne plaisantent pas, il y a beaucoup d'argent en jeu. Ce sont des hommes sans foi ni loi. Tu comprends ce que je te dis ?

C'est on ne peut plus clair. Mais la major semble ignorer que dans toutes les familles bretonnes, il y a quelque chose qu'on se transmet de génération en génération, comme la recette du kouign amann : c'est la loi du silence. *Didrouz lezenn.*

– Je vais vous décevoir, mais…

– Qui fait partie du FLOU ?

– Je n'en sais rien, promis, et je ne sais même pas ce que ça veut dire !

Dans mon cerveau défilent des visages. Les yeux en amande de David. Les lunettes rondes de Mehdi. Les mèches violettes de Nolween…

La major ouvre sa main droite, vide, la referme, la rouvre, magie, magie, elle fait apparaître une pièce d'un euro, qu'elle coince entre le pouce et l'index.

– Côté face, un accident sur la plage, articule-t-elle, peut-être causé par le sulfure d'hydrogène, par les algues vertes en décomposition.

– Ce n'est pas certain ? La toubib a dit que…

– Il faut attendre le résultat de l'autopsie pratiquée sur le cheval, et la conclusion des experts.

Elle poursuit sur un ton ferme :

– La vidéo, celle qui surveille l'accès à la plage, nous donne un premier indice : le pilote du quad, c'est Clovis Petitjean ; d'ailleurs, il l'a reconnu…

– Ah bon ?

Je tends la main, engloutis un autre chocolat sans même le contempler. Prêche-t-elle le faux pour connaître le vrai ?

– Clovis ne pouvait plus continuer à le nier. Ton frère et lui se sont échangé des messages, affirme-t-elle en remuant son téléphone en l'air. C'était à peu près un quart d'heure avant que tu tentes de joindre Jezequel.

– Qu'est-ce qu'ils se sont dit ?

– Dans son dernier message, Clovis Petitjean a écrit : *J'ai des carottes pour Torpédo.* Ton frère n'a pas répondu, mais il s'est aussitôt rendu sur la plage. As-tu une idée de ce que peuvent être ces carottes pour Torpédo ?

– Torpédo, c'est le nom du cheval de Jez, je précise, mais je ne vois pas pourquoi Clovis aurait donné des carottes à mon frère…

– Tu peux y réfléchir ? suggère la major. C'est peut-être l'une des clés de l'affaire. J'en profite pour te dire que nous avons aussi ton téléphone.

– Ah…

– Nous l'avons saisi comme nous y autorise l'enquête qui nous a été confiée par le procureur du tribunal de Rennes. Mais ne t'inquiète pas, on te le rendra dès que tu sortiras d'ici.

Je panique un instant : qu'y a-t-il dans mon portable qui pourrait se retourner contre moi ? Comme Lucas me l'a conseillé, j'ai supprimé tous ses messages. Enfin… presque tous. Les plus romantiques, je n'ai pas pu me résoudre à les effacer de cette mémoire en boîte. Ai-je laissé quoi que ce soit de compromettant ? Des photos ?

À nouveau, la major tend la pièce d'un euro.

– Côté face, donc, l'accident, et côté pile, la lettre anonyme. Une seule et même affaire à résoudre.

Elle marque une pause avant de reprendre :

– Si Clovis a poursuivi ton frère suite à la destruction du vivier appartenant aux Royer, et l'a laissé pour mort, il a participé à une manœuvre préméditée qui ne relève pas seulement de l'intimidation, mais de la mise en danger d'autrui, article 221-3 du code pénal. Voire d'une tentative d'assassinat.

De nouveau, les questions tournent dans ma tête. Jez a-t-il pu détruire le vivier des Royer ? Comment les Royer ou les

Petitjean ont-ils fait le lien entre mon frère et l'acte revendiqué par le mystérieux FLOU ? Clovis a-t-il puni Jez de son plein gré ? Sinon, qui le lui aurait demandé ? Son père ? Lucas ? Pas lui, non, pas lui... Et que signifie ce drôle de code : *J'ai des carottes pour Torpédo* ? Enfin, une autre question me glace le sang : si David, Mehdi, peut-être même Nolween, font partie de ce mystérieux FLOU, sont-ils en danger de mort ?

Mais aussi, parmi toutes ces questions, une certitude.

Lucas, lui, est en danger. Vraiment en danger.

L'héritier du clan des mareyeurs, mon amour, ma belle étoile, celui qui m'a libérée de mes complexes, moi qui me trouvais trop grande, trop maigre, trop timide, celui qui m'a encouragée à faire mon premier tour de chant, à la fête de la Musique, à écrire mes premiers textes, à jouer avec les mots comme il joue à la roulette, à faire de mon prénom, Klervi, un nom de scène.

Lucas est en danger, pris entre deux feux. Celui des gendarmes qui pourraient découvrir l'ampleur du trafic familial, un trafic international, dans lequel Lucas est mouillé jusqu'au cou. Et celui des frères Royer, sa propre famille, qui sont capables de tout. Car, j'en suis sûre, ce n'est pas Lucas qui a demandé à Clovis de punir mon frère. C'est impossible, il m'aime, il m'a même demandée en mariage. Pour moi, il n'a que d'yeux et de roses...

Alors, je m'emporte :

– Vous êtes des gros mythos, vous, les gendarmes !

Victoire Redord marque un temps d'arrêt. Si elle avait un fusil d'assaut, je ne serais plus que confettis de chair et de sang. Ses yeux, toutefois, restent aussi ronds que le chocolat que je m'envoie direct pour tenter d'adoucir mon impertinence.

La gendarme en civil reçoit un message sur son portable, y répond rapidement à l'aide de ses deux pouces et me dévisage :

– As-tu conscience, Klervi, que tu as participé à un trafic d'espèce protégée ?

– Pas du tout, je murmure. Je n'ai rien fait de mal…

– Et que ce trafic a plongé ton frère dans le coma, et tué ton cheval ?

Je dois protéger mon Lucas, alors j'attaque :

– Tout ça, c'est la faute des agriculteurs, des pesticides, des politiques qui s'en sont foutu plein les poches depuis cinquante ans ! C'est eux qui ont tué les civelles et les ont remplacées par des algues pourries ! S'il n'y avait pas de marées vertes, on n'en serait pas là !

La major va prendre la porte, remballer ses questions à la noix, elle va me dire avec un méchant regard : « On se reverra au poste, tu feras moins la maligne. »

Non, elle reste calme. Alors, j'en rajoute. J'arme ma langue de cartouches de mots qui doivent faire mal.

– J'ai compris votre petit jeu…

– Lequel ?

– Vous avez la trouille ! Les algues vertes, ça fait peur à tout le monde, et surtout à vous, les flics ! Vous protégez l'État. Sur les plages, les algues sont fluorescentes, on marche dessus, mais personne ne les voit ! Elles flinguent la flore sous-marine, la faune, les sangliers, les chiens… les chevaux, les gens… Oui, mais voilà, y a trop d'intérêts en jeu !

– Je crois qu'on va bien s'entendre, toutes les deux.

Elle me scotche, Victoire Redord. C'est impossible de lui faire péter un câble ! Qu'est-ce qu'elle prend pour rester aussi calme ?

– Donc, je poursuis en fronçant les sourcils, vous obéissez aux ordres. Vous imaginez une fausse piste, une histoire de petit trafic et de vengeance ! Clovis, Lucas, ils ont bon dos, les jeunes ! Ils sont plus faciles à choper que les vieux cons qui polluent la Bretagne tout entière ! Faudrait surtout pas faire de vagues, pas vrai ?

Sans cesser de sourire, elle me tend son téléphone.

– C'est normal que tu sois dans le déni. La trahison, ça fait mal. Surtout quand on a été trahi par un être cher. Ton petit ami, Lucas, sait très bien ce qu'il fait, mais ne dit-on pas que l'amour rend aveugle ?

– De quoi vous parlez ?

– Lis, Klervi.

Mes yeux se posent sur son portable.

LA LOI N° 2016-1087 DU 8 AOÛT 2016 POUR LA RECONQUÊTE DE LA BIODIVERSITÉ, DE LA NATURE ET DES PAYSAGES PUNIT DE 7 ANS DE PRISON ET DE 150 000 EUROS À 750 000 EUROS D'AMENDE LES TRAFIQUANTS D'ESPÈCES PROTÉGÉES OPÉRANT EN BANDE ORGANISÉE.
ARTICLE 415-6 DU CODE DE L'ENVIRONNEMENT

– Dans ton téléphone, nous avons trouvé suffisamment d'éléments pour prouver ton implication dans le trafic de civelles. Lucas n'aurait jamais dû te mêler à tout ça. Tu n'y as pas participé seule, bien sûr, et tu ne t'en es pas vraiment rendu compte. Toutefois, ça relève de la « bande organisée », tu es donc passible d'une peine de sept ans de prison ferme. Sauf si tu as été manipulée...

– Mais vous êtes folle ! Manipulée par qui ? Je n'ai rien fait, je ne ferais pas de mal à une mouche, j'adore les animaux, les chevaux... Je veux devenir vétérinaire !

Elle me regarde fixement.

– Je te repose la question, Klervi : qui fait partie du FLOU ? Des personnes sont en danger, il est de notre devoir de les protéger.

– *Notre* devoir ?

Je me sens soudain mal, à vomir.

– Sais-tu que tu as le pouvoir de faire énormément avancer l'enquête ? Pour savoir ce qui est arrivé à ton frère, à ton cheval ?

Nouveau silence.

– Tu sors de l'hôpital demain, n'est-ce pas ? ajoute-t-elle. On va passer un contrat moral, toi et moi. On se revoit lundi. D'ici là, pas un mot de notre conversation, à personne, OK ?

– Sinon ?

– Tu ne reverras ton frère que dans sept ans. S'il est sorti du coma d'ici là.

CHAPITRE 6

CEUX DONT ON N'ATTEND RIEN

J'ai laissé les roses aux infirmières, fui les couloirs de la cité sanitaire, suivi Charles jusque dans le hall, et là, j'ai halluciné.

– C'est quoi ce bordel ?

– Je t'expliquerai dans la voiture.

Charles se lisse la moustache, son diable de sourire en coin, m'invite à sortir de l'hôpital sans tarder, le soleil me donne du bleu à l'âme. Les journalistes, une cinquantaine, se ruent sur nous, Charles lève les mains, les questions fusent : « Une déclaration, Klervi ! Votre mère a dit que vous alliez porter plainte. Quand, où ? » Je suis entourée, bousculée. « Et votre frère, il est toujours dans le coma, il va s'en sortir ? » On me tend des micros, me balance des flashs dans les yeux. Si je prononce un mot de trop, il sera partagé, hashtagué, fracassé sur les murs des réseaux sociaux, et se retournera contre moi.

– Ne dis rien, me conseille Charles.

L'avocat ajuste sa cravate, fonce dans la mêlée, parvient à ouvrir la portière arrière d'une voiture de location aux vitres fumées, me pousse à l'intérieur, la porte claque, ma mère me prend la main.

– Ma chérie.

Elle est maquillée, son chignon est parfait. Le cousin entre à son tour, actionne le démarreur, il reste une dizaine de secondes à contempler le spectacle médiatique qu'il a orchestré.

– Ça faisait longtemps que j'attendais ça, dit-il d'un ton victorieux. La marée verte médiatique ne fait que commencer.

Et de fredonner sa chanson fétiche de pirate nantais :

Dans les prisons de Nantes,
Y avait un prisonnier,
Personne ne vint l'vouère…

C'est un serpent de mer qui se dirige vers le nord-ouest, de Saint-Nazaire à Pénestin, un long convoi de véhicules qui, pour franchir Guérande, est un temps escorté par des motards de la gendarmerie. Je n'en reviens pas. Le nez collé à la vitre, je cherche le visage de Victoire Redord dans une quelconque voiture banalisée, ronds-points, feux rouges, reflets des vitres de bureaux et magasins, j'imagine qu'elle ne va pas me lâcher d'une semelle, ayant à cœur de faire toute la lumière sur ce que Charles nomme « l'affaire de la marée verte ».

Depuis hier, je ne cesse de cogiter sur ce que la major m'a dit. *Sais-tu que tu as le pouvoir de faire énormément avancer l'enquête ?* Qu'ai-je donc laissé sur mon téléphone de si important ? Qu'est-ce que cette flic attend de moi ?

Charles devise pour sa cousine, un véritable moulin à paroles. Je n'écoute que d'une oreille pendant que ma mère semble s'être endormie, la tête collée contre la vitre fumée.

Je flippe d'être seule au manoir, sans Jez, sans Torka, sans mon père, au côté d'une daronne rincée par un gros tourbillon de larmes, et qui va maintenant se faire avaler par une tornade médiatique.

Je flippe de revoir, demain, la major et son ton glacial. *Tu ne reverras ton frère que dans sept ans. S'il est sorti du coma d'ici là.*

Je flippe de retrouver Lucas, ma belle étoile, encore plus sa famille, son père, son oncle, sa grand-mère.

Je flippe d'avoir participé sans le vouloir, je le jure, à un trafic d'espèce protégée qui pourrait m'envoyer sept ans derrière les barreaux et me faire péter la honte pour des siècles et des siècles... Déjà que j'ai du mal à assumer que mes ancêtres de Kervegan aient fait fortune en surfant sur le trafic d'esclaves... À croire qu'on ne peut pas fuir ses origines.

Je flippe d'aller en prison. D'être seule, isolée. Et de ne plus jamais revoir Jez.

Charles n'a pas emprunté le plus court chemin. La voiture aux vitres fumées a fait quelques détours, j'ai retrouvé les prés verts non salés, les vingt nuances de ciel gris, revu, enfin, les faubourgs de Pénestin, et le jour qui plonge dans l'océan.

En parvenant à la pointe du Bile, Charles a frappé le volant de sa main, d'enthousiasme, ma mère m'a serré la main, d'appréhension, lorsque le jingle du journal de 19 heures a retenti dans l'habitacle. Sur France Inter, on a parlé des facéties de Zelly, de l'affaire de la marée verte. L'envoyé spécial s'est fait l'écho, en léger différé de la cité sanitaire, de la sortie de Klervi Marzan, la miraculée de Pénestin, du coma de son frère jumeau, de la déclaration du conseiller de la famille, maître Charles de Kervegan.

Je gage que le procureur aura bientôt de mes nouvelles, nous ferons condamner la France pour inaction climatique et sanitaire, je plaiderai le dommage écologique, l'intérêt supérieur des êtres vivants sur la mort qui rôde sur les plages. Les marées vertes souillent les côtes de la Bretagne depuis plus de cinquante ans, quarante et un animaux et trois hommes sont morts, jetés sur le sable par le sulfure d'hydrogène, un poison aussi dangereux que le cyanure. Il est temps d'en finir, de condamner ceux qui sont responsables des marées vertes...

Les phares éclairent le portail défraîchi, la blanche façade de *Ty Davarn*, les pneus de la voiture crissent sur le gravier, l'escalier me porte sur la terrasse, j'entends la mer pour la première fois depuis quatre jours, je la devine entre les pins, l'air iodé me remplit de vague à l'âme. La porte s'ouvre, il fait chaud, les flammes lèchent la vitre du poêle à bois, elles m'hypnotisent, j'y vois le reflet de la dernière fête organisée dans l'immense salon. Jez aux platines, Nolween au bar, puis l'after salé, bien frappé, le galop sur le dos de Torka pour fêter le dernier jour des vacances d'été, l'entrée en terminale, prologue à la fac, au mariage, au haras, toute à moi et à mes rêves.

Torpédo.

Je retourne sur mes pas, attrape une lampe au passage, traverse le jardin, entre dans le *ranchito*. « Torpédo ? » Je ne le vois pas, mon cœur s'emballe. « Tu es là ? » J'ouvre la porte du box, il est allongé, m'offre ses naseaux, je l'embrasse, l'encourage à se relever. « Ce n'est rien, juste un mauvais moment à passer, pas la peine que je te raconte, t'as compris, maintenant on est tous les deux, Torka est parti, oui, je vais m'occuper de toi, brosser ta robe blanche. Jez est parti, lui aussi, mais il va revenir, promis, ju... »

Le « ré » reste dans ma gorge. La pluie fait des claquettes sur le toit, j'en profite pour nourrir le cheval, lui chatouiller le nez avec de la luzerne des grands prés.

Je regagne le manoir et me dirige vers le salon.

– Mammig, Lucas va passer me chercher.

Je n'ai toujours pas récupéré mon téléphone, mais je sais que Lucas nous a suivis avec sa Ford Mustang ou un fourgon des Marées de l'Atlantique, qu'il va débouler pour me prendre enfin dans ses bras, me consoler.

– C'est si urgent que ça ?

La voix de ma mère n'a plus de coffre, elle qui nous chantait, petits, des airs d'opérette quand Tatig tanguait en mer. Elle se claquemure dans la cuisine, contemple le reflet de la lune qui blanchit la mer, lave les infâmes laitues vertes avec ses larmes.

Je laisse au premier étage la chambre de mes parents, la bibliothèque et sa cheminée, la chambre d'amis qui n'en reçoit jamais, je monte au second et entre dans ma chambre mansardée, me jette sur le lit, enfouis ma tête sous l'oreiller. Je me relève aussi sec. J'ai honte, je suis en vie, Jez est dans le coma, j'ai les cheveux en pétard, il faut que je prenne un bain. J'ouvre la porte de la salle de bains, la traverse, double vasque, double peine. Mon frère. J'entre dans sa chambre. Grand foutoir. Les gendarmes ont-ils fouillé, perquisitionné ? Qu'ont-ils trouvé ?

Je cherche à mon tour un indice. La pile de livres nargue ma curiosité, je prends le magazine glissé au milieu, un hebdo sur l'écologie, flanqué de papillons adhésifs jaunes, roses, j'ouvre au hasard. Bloque sur une question : *Comment créer un nouvel imaginaire pour que les gens acceptent le principe de l'Anthropocène ?* Réponse, surlignée en vert : *Il faut envisager des événements extrêmes et des ruptures brutales. Du point de vue des temps géologiques, l'Anthropocène est un temps extraordinairement court. Mais cela fournit une histoire, car il n'y a pas d'imaginaire sans narrativité. Cela donne des références à partir desquelles on peut projeter des imaginaires.*

J'ai du mal à suivre. Mon frère, quel intello !

La pile tombe, un livre glisse, le titre me saute aux yeux, *Une machine comme moi*, un roman d'Ian McEwan. Un marque-page déborde, c'est l'écriture de Jez, en encre rouge :

Ce sont ceux dont on n'attend rien
qui font des choses auxquelles nul ne s'attend.

J'imagine Jez filer chez le tatoueur pour se faire graver la maxime sur les avant-bras,

à droite,
qui font des choses auxquelles nul ne s'attend

à gauche,
Ce sont ceux dont on n'attend rien.

À l'envers, bien entendu.

Je retourne dans la salle de bains, fais couler l'eau, ouvre la porte du dressing, je n'ai pas la tête à me faire belle, même si Lucas y prête attention. J'attrape tee-shirt et pantalon noirs, veste en jean. Je me déshabille vite fait, évite mon reflet, plonge la tête sous l'eau, laisse mes cheveux noirs s'étaler à la surface.

Je sors, dégouline, me voilà nue face au miroir, de pied en cap, longiligne, une tige qui a poussé trop vite. Je me sèche rapidement les cheveux, oublie volontairement de me maquiller, mes yeux sont pleins de colère, impossible de les calmer. Lucas, peut-être, y parviendra si je me laisse aller. Si on ne se prend pas trop vite la tête au sujet de Clovis. Je m'habille en vitesse, retrouve l'inquiétude de ma mère qui n'a toujours pas de nouvelles du soldat du feu. Mon père est probablement sur le front des incendies, pas d'infos, pas de réseau.

L'appel de phares traverse la fenêtre, Lucas m'attend, Villanelle me rattrape, m'étreint si fort dans ses bras qu'une larme m'en tombe.

– Fais attention à toi, ma chérie.

Je sais ce qu'elle sous-entend. Comme mon frère, comme mon père, elle se méfie autant de Lucas que de sa famille. Tatig m'a dit un jour que Lucas était le portrait de son oncle, Lucien, le genre de personne qui vendrait son âme au diable pour une poignée de civelles. J'espère que Lucas n'a rien commandé à Clovis, qu'il n'est pas mêlé, de près ou de loin, au rodéo sur la plage envisagé par la gendarme… Il faut que je comprenne ce qui s'est tramé dans mon dos, pourquoi Lucas protège Clovis, pourquoi Jez est dans le coma, même si je sais, comme il l'a écrit à l'encre rouge, que lui aussi est capable de *faire des choses auxquelles nul ne s'attend*…

– Lucas est quelqu'un de bien, dis-je pour la rassurer. Il ne ferait pas de mal à une mouche, tu le sais, maman, pas vrai ?

Je prends mon sac de voyage, imprimé marinière, j'ouvre la porte tout en enfilant mon ciré jaune à capuche. Les phares de la Mustang éclairent le dos de ma belle étoile, élargissent ses épaules musclées, je lui tombe dans les bras, « Je t'aime, Klervi, je t'aime », je ne réponds pas, il me serre à m'étouffer, mes yeux sont embués, je ne pourrai pas lui dire que je l'aime, les yeux secs, tant que je ne saurai pas s'il est le fils modèle de son père ou un homme *libre d'envisager une rupture brutale*.

CHAPITRE 7

TROP VITE

Ça va trop vite, ça va trop vite, ça va trop vite, les filles, le fric, les flics, donc ralentis, respire, respire, ralentis, respire, respire, j'ai dit ralentis, respire, respire, ralentis, respire, si t'as du mal à suivre, t'es bienvenu dans l'équipe…

– Tu sais qu'ici tu es chez toi, dit Lucas tout en coupant le moteur et le sifflet à BigFlo & Oli.

C'est fou comme des paroles de chanson, captées dans un bolide roulant pourtant au pas sur le boulevard des Océanides, au beau milieu de la ville de Pornichet, peuvent résonner entre deux oreilles aux aguets.

Le portail électrique se referme sur l'allée qui mène à la villa des Royer. Une lumière extérieure guide nos pas vers la véranda surmontée d'une plaque en céramique où l'on peut lire en lettres dorées l'hommage des deux fils à leur mère : *Ker Colette*. C'est le nom de cette villa historique Art nouveau, construite sur trois niveaux de près de deux cents mètres carrés, un pour chaque membre de la famille. Sans compter l'appartement de Lucas, un ancien garage à bateaux accolé au mur qui sépare l'immense jardin de la mer. « Ce n'est pas un appart, mais une garçonnière, m'a dit un jour son oncle, avec tout ce qu'il faut pour mettre à l'aise une nymphomane qui s'ignore : canapé d'angle, panoramique, home cinema, cuisine américaine, baies vitrées antireflets et ouvertes sur l'océan. De quoi faire rêver une jeune fille en feu, avait-il ajouté, non ? » Trop la classe, tonton Lucien.

Je ne lui avais pas répondu, je m'en souviens en franchissant la porte qui sépare la véranda du vestibule où j'accroche sac et ciré. Je fouille machinalement dans les poches, zut, toujours pas de portable, j'espère le récupérer demain, comme me l'a promis la major. Je me rends compte que Lucas ne m'a toujours pas questionnée sur le sujet, lui qui m'avait pourtant recommandé de ne pas parler de Clovis. À l'hôpital, c'était compliqué. Et, au cours des trente minutes de voyage, il a fait comme si de rien n'était, comme si c'était un jour normal d'une vie normale avec une meuf normale. Une seule idée en tête : me faire sourire – il y est parvenu en me racontant une blague, j'ai vraiment éclaté de rire : « Tu sais pourquoi les pêcheurs ne sont jamais gros ? Parce qu'ils surveillent leur ligne ! » Moi non plus, je ne l'ai pas questionné, pas trouvé le bon moment. Pas trouvé le cran. Tétanisée par une vérité qui ne serait pas bonne à entendre.

C'est Colette qui m'embrasse la première, la reine de la villa de la Belle Époque, la sainte patronne des patrons pêcheurs de la presqu'île, et bien au-delà. Elle me dit à l'oreille :

– Ma fille, si tu as besoin de quoi que ce soit…

Elle n'en rajoute pas, pas du genre à s'apitoyer, elle m'adresse un sourire.

– Entre, ma chérie, fais comme chez toi.

Paul semble avoir pris un coup de vieux, il a tout juste 45 ans, il en paraît dix ans de plus, les rides creusées, les yeux pochés. Habituellement, il me prend dans ses bras, dit souvent : « Voilà la fifille de Colette, la petite-fille qu'elle n'a jamais eue », mais ce soir, il me pose juste une bise sur la joue gauche, j'ignore si c'est maladroit de sa part ou prudent. Que sait-il de l'affaire de la marée verte ? Que croit-il que je sais ?

J'éponge mes questions. Pas maintenant.

Lucien m'étreint comme jamais, son sempiternel verre de whisky à la main, sa barbe mal rasée. Lucas m'attrape la main :

– Qu'est-ce que tu veux pour l'apéro ? Je te prépare un Spritz ?

On discute de choses et d'autres, on évite tout ce qui touche à Zelly, à la marée verte, à la plage du Palandrin, à Clovis, à mon frère. Ils parlent des travaux à finir avant le printemps dans leur appartement parisien, qui donne sur le Champ-de-Mars, me demandent ce que je pense du projet de cuisine américaine dessiné par leur ami architecte, ce qui me plairait s'ils refaisaient la terrasse de la cabane du Cap-Ferret, une villa de deux cents mètres carrés, sur pilotis, en première ligne face au bassin d'Arcachon. Je joue le jeu, j'adore défaire et refaire, que ce soit les plans, les mots, les chansons ou les accords, mais, là, ça sonne faux, faux-semblant, je reprendrais bien un autre Spritz.

Ensuite, à table.

Le dimanche soir, c'est le rituel, soupe de poissons, langoustines et la moitié d'un Ossau-Iraty, une tomme d'Esquirrou, un fromage basque de brebis. Un menu qui résume la vie de la grand-mère, née à Saint-Jean-de-Luz, « montée » à La Turballe pour suivre son mareyeur guérandais de bientôt mari, rencontré sur le chalutier de son père. Une vie sur les quais, amarrée, à guetter, acheter, vendre des poissons, des crustacés, et même du sel, mettre de côté, investir dans la pierre, Pornichet, Paris, le Cap-Ferret. Un pour tous, tous pour un : le seul héritier de la famille, Lucas Royer.

À la fin du repas, Colette m'invite d'un regard à la rejoindre dans la cuisine, les femmes d'un côté, les hommes de l'autre.

– L'hôpital n'est qu'à un quart d'heure d'ici. Si tu veux rester avec nous, on s'occupera de toi, de tout, tu n'auras qu'à demander, et tu pourras rendre facilement visite à ton frère. C'est Paul qui l'a proposé, Lucien est d'accord. Tu peux dormir dans la maison de Lucas, mais soyez sages, pas d'histoires, on est bien d'accord ?

Je fréquente Colette depuis plus d'un an et je ne parviens toujours pas à la comprendre. Paul est divorcé, il voit son ex en douce à Paris, ce qui est quand même un péché. Lucien, c'est un collectionneur d'art contemporain, de livres sur la poésie et de jeunes femmes, un *sugar daddy* assez fortuné pour entretenir des sirènes ensorcelées par sa marée de fric, ce qui est bel et bien un autre péché. Mais pour Lucas, plus question de pécher, de faire offense à Dieu, l'héritier doit bien se tenir, il consommera le jour de son mariage, pas avant, sinon…

Tu ne reverras ton frère que dans sept ans. S'il est sorti du coma d'ici là.

L'avertissement de la major explose dans mes souvenirs, je blêmis un instant, ce qui n'échappe pas à l'œil attentif de Colette. Sans un mot, je rejoins les hommes, affalés sur le canapé, la cheminée crépite, Paul suit les pas de Lucas à l'extérieur de la villa, Lucien a la pose typique du méchant dans les films, il pourrait faire tourner un glaçon dans son verre de whisky, mais non, jamais de glace dans le tourbé, pas de sacrilège. Pas de péché. La ride sur son front se creuse, la même qui se dessine sur celui de son neveu quand il est contrarié.

– Ils sont venus te voir à l'hôpital ?

– Qui ?

– Tu sais très bien de qui je veux parler, assène Lucien.

J'ai la gorge nouée, ne laisse rien paraître, juste échapper un sourire négligé.

– Les gendarmes, précise-t-il enfin.

– Ah oui, ils sont passés, rapidement.

– Ils t'ont parlé de quoi ?

Lucien m'a toujours impressionnée. Son regard est bien plus revolver que le mien ; quand je frôle la détente, il a déjà mitraillé.

– De l'accident, j'ajoute en ouvrant un magazine sur les voiliers. Ils voulaient juste que je raconte ce qui s'est passé sur la plage…

– Et il s'est passé quoi, exactement ?

Je ne m'y attendais pas, survole du regard les légendes sous les photos éblouissantes.

– Torka est mort, et Jez…

Lucien boit une rasade de whisky, fait claquer légèrement sa langue.

– Tu ne sais pas pourquoi Clovis a vu ton frère sur la plage ?

– Clovis ? je réponds, comme si je venais de l'apprendre.

Il ne me lâche pas du regard pendant que je me demande pourquoi il va ainsi droit au but, aussi brutalement. Sait-il, lui, s'il y a un lien entre la destruction du vivier et la présence sur la plage de Clovis, le fils de son homme à tout faire aux Marées de l'Atlantique ?

– Aucune idée, je réplique. Ces derniers temps, on était un peu en froid avec Jez.

– Et les gendarmes, insiste-t-il, ils ne sont venus te voir qu'une fois ?

– Oui, oui, j'ose mentir, sans le regarder. Sauf s'ils sont revenus quand je dormais.

Il opine du chef, ma réponse semble le satisfaire. Pourtant, je pressens qu'il détient des informations sur les gendarmes, sur ce qu'ils *manigancent* – ce serait le verbe qu'il utiliserait –, peut-être même a-t-il été informé de leurs va-et-vient dans la cité sanitaire, ce qui est conforme à ma réponse : la major est entrée, je dormais, elle est ressortie.

– J'espère, dit-il après avoir avalé la dernière gorgée de whisky écossais, que tout ça n'est pas plus compliqué que ça en a l'air. Si tu entends quoi que ce soit à ce sujet, tu m'en parles, OK ? Il ne faudrait pas que Colette apprenne quelque chose qui pourrait la chagriner…

Il se lève, Lucas revient, il me tend la main, « Bonne nuit, tout le monde ».

Ma belle étoile me donne mon sac, je laisse mes soucis dans la villa, on presse le pas, les yeux au ciel, Voie lactée. On retrouve la maison, « la garçonnière », on prend le temps de s'embrasser. Enfin. Il me presse si fort contre lui que nous ne sommes plus qu'un, il m'allonge sur le lit, je lui embrasse l'oreille, il respire fort, enlève mon pantalon noir, je sens la chaleur de son souffle sur ma cheville, mon genou, il remonte lentement. On peut tenir la parole donnée à Colette sans s'interdire le tsunami des sens. Il pourra dire : « Tu sais, je n'ai pas craqué, je l'ai vraiment mérité, je suis bien l'héritier dont tu as rêvé, je peux hisser les voiles, vous laisser à quai, partir à l'abordage de la vie, Klervi est ma bonne étoile. Je n'ai plus besoin de vous. » Je bouillonne d'ardeur. M'abandonne. Nous n'avons pas parlé, mais demain est un autre jour, mon amour. Et je te protégerai. Coûte que coûte.

CHAPITRE 8

CHÊNE-LIÈCE

Ce n'est pas un rêve, pas non plus un cauchemar, juste un lundi matin pas comme les autres. Quand je rentre au manoir, raccompagnée par Lucas, une surprise m'attend. De quoi penser à autre chose avant le rendez-vous avec la gendarme que je redoute tant.

– Tes amis sont là, m'annonce Mammig en ouvrant la portière de la Mustang. C'est une idée de Nolween, tu la connais : qu'est-ce qu'elle ne ferait pas pour toi ?

Lucas se tient droit, comme prêt à affronter une jolie brise : Nolween, Mehdi, David, et même la sage Louise. Le FLOU au grand complet ? Je les aperçois au milieu du jardin. Je m'étais promis de leur cracher mon dégoût à la gueule, de les noyer dans la marée furieuse de mes yeux. Mais ce sont mes amis d'enfance. Nos souvenirs l'emportent sur ma colère. Je m'approche et ils m'encerclent. Pas besoin de parler. Ils me serrent, mes jambes se dérobent, ils me tiennent à bout de bras.

Des potes, nous en avons d'autres, Jez et moi, mais Nolween a choisi uniquement les plus vieux amis, c'est son côté maîtresse de cérémonie. Elle me prend par la main, on marche le long de la haie d'hortensias – autrefois la fierté de ma mère, aujourd'hui fanés par l'hiver qui rôde et le climat détraqué. Elle me conduit jusqu'à un pot en plastique noir, dans lequel attend un petit arbre frileux, et une pelle qui a retourné la terre.

– C'est un chêne-liège, dit Louise en reniflant, emmitouflée dans un long manteau beige.

– La force invincible des Celtes, ajoute Nolween en lissant ses cheveux teintés en violet.

L'hommage de mes copains à Torka. Une façon de soutenir Jez à distance. Mais aussi Villanelle, qui les a tous vus grandir. Et moi, peut-être, dans le drame que je traverse ?

Torpédo s'approche, Lucas est allé le chercher. Les autres n'ont pas un regard pour mon amoureux, le doute se lit dans leurs yeux – de la suspicion plus que de la perplexité.

Nolween me tend la pelle ; c'est à moi que revient l'honneur de planter l'arbre.

Au milieu de ce moment solennel, David et Mehdi, silencieux jusque-là, se mettent à courir vers la mer, ils crient :

– Des journalistes !

Ils jettent des insultes, des pommes de pin vers l'abrupt escalier qui descend sur la plage, et ils reviennent, les joues braisées par l'excitation. David dit :

– Sale…

Mehdi ajoute :

– … race.

Ce sont les Dupont & Dupond de la bande de Pénestin. Yeux en amande et lunettes rondes, main dans la main depuis qu'ils savent marcher.

– Sans déconner ! enchérit David. On va devenir célèbres, ou quoi ? Ce sont *Les Bretons aux Caraïbes* ?

Mehdi éclate de rire, ils se tapent du coude. Nolween lève les yeux au ciel.

Je saisis l'arbre d'une main, le pose dans le trou, balance la terre à son pied. Après cette interruption, je trouve tout cela soudain ridicule, grotesque. Est-ce que planter un arbre peut faire revenir mon frère ? Remplacer mon cheval ? Ma mère prend la parole, un chat dans la gorge :

– Aux dernières nouvelles, l'autopsie pratiquée sur Torka confirme qu'il est mort d'un œdème pulmonaire, provoqué par le sulfure d'hydrogène. Il n'y avait pas d'eau ni de vase dans ses poumons, il ne s'est donc pas noyé. Mais ça, on le savait, n'est-ce pas ?

Elle cherche d'autres mots, la bouche sèche. David en profite pour fustiger la course au profit, celle qui rend cons les pauvres, et les riches, plus riches – il croise volontairement le regard de Lucas.

– Pardonnez-moi, lance enfin ma mère, j'ai retrouvé ce que je voulais vous dire. Avant de nous recueillir un instant, de rendre hommage à notre Torka, d'envoyer des pensées à Jez pour qu'il se réveille au plus vite, je voudrais juste citer le Dalaï-Lama : « Au moment de mourir, le plus beau cadeau d'adieu est la paix de l'esprit. »

Tous paraissent mal à l'aise, un court instant. Aurait-elle tapé dans le mille, ma Villanelle ? Je surprends Louise, hypnotisée par le regard de David. Louise et David, ensemble ? J'espère que l'accident ne l'a pas rendue dingue, elle qui jusqu'à présent était la référence de nos parents : « Ah, si tu pouvais apprendre aussi vite que Louise, elle fera médecine, elle sera diplomate ou avocate… » Clairement, David n'est pas un type pour elle. Trop radical.

La pluie se met à tomber, Lucas court vers le manoir, le téléphone à l'oreille. Je raccompagne Torpédo dans le *ranchito*, il est fébrile, nerveux. Puis je rejoins les autres à l'intérieur, où Mammig offre une tournée générale de crêpes.

Dans la cuisine, chacun butine, beurre sucre, caramel beurre salé ou confiture, sans sucre ajouté, de myrtilles. Un ange passe, il se prend les pieds dans le tapis quand Nolween se lève, tout en léchant le bout de son index décoré de caramel.

– Villanelle a raison. Nous devons tous garder en tête la paix de l'esprit. Mais, personnellement, je ne serai pas en paix tant que des gens n'auront pas payé pour ce qui s'est passé. Pour le moment, les journalistes sont là, tout le monde parle de l'affaire de la marée verte… Seulement, dans quelques jours, ils auront tous oublié…

– T'inquiète, nous, on ne va pas oublier ce qui est arrivé à Jez, assure Mehdi en donnant un coup de coude complice à David.

Nolween opine :

– Justement, on va leur donner autre chose à raconter, aux journalistes…

Quand elle caresse du bout du doigt son piercing, posé au-dessus de sa lèvre, elle a toujours une idée derrière la tête.

– On va organiser une immense manif, en hommage à Torka, à Jez, une grande marche blanche.

– Verte, j'interviens. Une grande marche *verte*.

– Verte, oui, enchaîne Nolween, une marche pour dénoncer le scandale des algues vertes, la toute-puissance de l'agrobusiness, la surpêche…

– On va l'appeler « la Marée verte », j'interviens encore.

Lucas lève légèrement les yeux au ciel, il bout de se retrouver au milieu d'un colloque écologiste improvisé, lui qui s'en lave les mains, nuit et jour, surtout la nuit lorsqu'il achète les kilos de civelles pêchées au pied du barrage d'Arzal.

– Super idée, ma belle, souscrit Nolween. « La Marée verte », ça sonne : une marée humaine contre les algues vertes…

– Super, acquiesce Louise, les joues rougies par la chaleur du poêle.

– Super, se moque Mehdi tout en repoussant ses lunettes sur l'arête de son nez. Jez va se retourner dans son lit…

– Mehdi ! l'apostrophe ma mère sur un ton autoritaire.

– Mais c'est du gros *bullshit*, votre histoire ! s'emporte-t-il en s'approchant de Lucas. Et lui, Sa Majesté des braconniers, on va l'emmener à la manif ?

Puis il me pointe du doigt :

– Et en tête de cortège, on aura, éplorée, la princesse des Marées de l'Atlantique ?

– Et pourquoi pas ? rétorque David.

On en reste tous bouche bée, ne sachant s'il est sérieux ou s'il va enchaîner sur une grosse blague comme il en a le secret.

– Ben quoi ? s'esclaffe-t-il. Sa Majesté pourrait tout financer avec les billets de 500 qui lui tombent des poches, non ? Allez, Monseigneur, dit-il en tendant la main, une petite pièce pour sauver la planète…

Lucas se jette sur lui, les poings armés de colère. Louise crie :

– David !

C'est sûr, ils sont ensemble.

Je m'interpose tant bien que mal, ma mère les sépare d'une force à faire pâlir un bûcheron.

– Vous êtes devenus fous ou quoi ?

David et Mehdi claquent la porte, Louise hésite à les suivre, elle dit « pardon » et disparaît à reculons. Lucas sort fumer une cigarette pour se calmer.

C'est toujours Nolween qui botte les fesses de l'ange qui passe.

– On en était où, déjà ? Ah oui, à « la Marée verte », dit-elle, comme si rien ne s'était passé. On en profitera pour parler des tempêtes, du réchauffement climatique, de nos plages niquées, de nos prés salés qui vont bientôt être submergés. Tout est lié, non ?

« Oh non, pourvu que tout ne soit pas lié… », me dis-je.

Il faut que je lui parle, il faut que je sache. Mais il ne faut surtout pas que Lucas entende. Ni Villanelle.

– Viens.

J'entraîne Nolween dans la chambre de Jez, à l'étage.

Elle m'adresse un sourire encourageant en regardant le lit de mon frère.

– Il va s'en sortir, susurre-t-elle.

– Pour l'instant, il a besoin de nous, il faut le stimuler, aller le voir tous les jours. Tiens, au fait, tu es au courant pour ça ?

Je lui tends le magazine, le marque-page, balance le livre de McEwan sur le lit. Cette fois, elle reste muette.

– C'est quoi, le FLOU ? je demande.

– Je ne sais pas.

– Tu n'as jamais su me mentir, vas-y…

– J'ai lâché l'affaire, j'ai pas envie de…

– De ?

– Tu les connais, les autres, ils sont barrés total.

– Qu'est-ce qu'ils ont fait ? Qu'est-ce que *vous* avez fait ?

– Je ne sais pas ce qu'ils ont fait ou pas fait ! Je te promets, tu dois me croire !

Je n'insiste pas, je la connais comme si je lui avais donné le biberon.

– Alors, dis-moi juste ce que c'est, le FLOU…

Elle hausse les épaules, prend le livre posé sur le lit.

– Tu veux vraiment savoir ?

Elle craque, elle doit être pétrie de remords, engloutie par la culpabilité. Je ne la sens pas capable d'avoir elle-même détruit le vivier de civelles, mais d'en avoir eu l'idée, oui, c'est du Nolween tout craché.

– Depuis que tu es avec Lucas, il y a des choses que tu ne vois pas. La dépression de Jez, par exemple. Le fait qu'il s'est mis à fumer de la weed, à délirer un peu, à imaginer un autre futur…

Je revois soudain la major me balancer le dernier message de Clovis. *J'ai des carottes pour Torpédo*. Et si, en fait, mon frère n'était pas allé sur la plage à cause des civelles ?

– Jez se fournissait auprès de qui ?

– C'est tout ce qui t'intéresse ? T'es vraiment…

Nolween semble désespérée. Ce qu'elle ne sait pas, c'est que la gendarme de Rennes m'a donné une piste à suivre tout en jouant avec la pièce – côté face, l'accident ; côté pile, la lettre anonyme. Et si, en fait, les deux n'avaient rien à voir ? Si la revendication du FLOU était un *fake* ? Si Jez s'était rendu sur la plage juste pour acheter de la weed à Clovis ? Je suis sûre que Clovis en trafique aussi. Un peu. Beaucoup, même. Je m'accroche soudain à cette idée qui éloignerait mon Lucas de toute cette histoire…

– Décidément, c'est pire que je l'imaginais, poursuit Nolween. Tu es tellement *in love* de Lucas que tu es totalement aveugle…

Les yeux soudain embués, elle se dirige vers la porte.

Je l'attrape par la manche.

– Attends, No.

Elle essuie rapidement ses larmes.

– Tu sais ce que c'est, l'éco-anxiété ? demande-t-elle froidement. Non, tu ne sais pas, évidemment… C'est la perspective d'une Terre définitivement saccagée par l'activité humaine, la fin de l'Anthropocène.

Elle brandit le magazine, fâchée par mon ignorance.

– Tu sais ce que c'est, l'Anthropocène ?

Je secoue la tête. J'ai soudain honte. Je me dégoûte de m'être autant éloignée de Jez, nous qui étions, il y a encore un an, inséparables. Avant que l'amour pour Lucas m'emporte ailleurs, dans le confort de la famille Royer et leur bras d'honneur à l'autorité.

– Depuis la révolution industrielle, explique Nolween, nous sommes entrés dans une nouvelle ère géologique. Une ère dans laquelle l'homme a une telle influence sur la biosphère qu'il en est devenu l'acteur principal. Et, dans l'esprit de ton frère, l'Anthropocène mène forcément à la théorie de l'effondrement. Tout va s'écrouler… Jez en est certain, et ça le bouffe de l'intérieur. Il fait une dépression à cause des problèmes environnementaux : c'est ça, l'éco-anxiété.

Je m'accroche, j'essaie de comprendre où elle veut en venir. Mais elle surenchérit avec un nouveau terme alambiqué :

– Tu sais ce que c'est, l'uchronie ?

Une fois de plus, je secoue la tête.

– L'uchronie, c'est le fait de réécrire l'histoire, l'Histoire avec un grand H. Style : si Hitler n'avait pas existé, il n'y aurait pas eu la Seconde Guerre mondiale et…

– Oui : et ? C'est quoi, le rapport ?

Elle me tend le marque-page.

Ce sont ceux dont on n'attend rien
qui font des choses auxquelles nul ne s'attend.

– Tu te souviens du film *Imitation Game* ?

– Non, je réponds sans réfléchir.

– On l’a vu ensemble, avec Jez. C’est l’histoire d’Alan Turing, un mathématicien de génie qui a déchiffré les messages d’Enigma…

– Ah oui, ça me revient, je me reprends, heureuse de pouvoir enfin donner le change. C’est lui qui a décrypté les messages des nazis pendant la Seconde Guerre mondiale.

– Tu vois, quand tu veux, acquiesce-t-elle. Dans son livre, McEwan parle aussi d’Alan Turing. Il imagine un monde où Turing est encore en vie, et où les Beatles sont toujours au complet.

– C’est ça, l’uchronie ?

Elle hoche la tête.

– *Une machine comme moi*, c’est un roman uchronique. L’écrivain y parle de réchauffement climatique, de révolution numérique, c’est un peu un miroir qu’il nous tend, et on en prend pour notre grade.

– OK, mais c’est quoi, le rapport avec Jez ?

– Ce livre lui a complètement retourné la tête. Ces derniers mois, je m’inquiétais vraiment pour ton frère.

– Pourquoi tu ne m’as rien dit ?

– Tu m’aurais écoutée ? Depuis quand on n’a pas pris le temps de discuter ?

Elle soupire, amère, et poursuit :

– J’en ai parlé à mon père, il m’a dit que l’uchronie, le fait d’imaginer que les choses auraient pu se passer autrement, permettait à Jez de soigner son éco-anxiété. Un peu comme une soupape psychologique.

– Je me souviens, maintenant.

– De quoi ?

– Jez m’a parlé d’un monde idéal où l’homme n’aurait pas découvert le pétrole, sans plastiques, et tout, et tout. Il avait imaginé un tas d'inventions, fabriquées à partir d'eau de mer, de sable.

Nolween se rapproche, elle me prend les mains.

– Donc, pour répondre à ta question, le FLOU, c'est le Front de libération de l'océan et de l'uchronie, m'avoue-t-elle enfin. C'est Jez qui en a eu l'idée. Son idée, c'était de créer un groupe un peu radical pour protéger les océans en libérant l'imagination. Réécrire l'Histoire pour que…

La porte s'ouvre soudain, je sursaute en voyant Lucas entrer dans la chambre. Nolween me lâche les mains. A-t-il entendu notre conversation ?

– Qu'est-ce que vous faites, les filles ? Vous parlez bouquins ? demande-t-il en désignant le livre sur le lit.

– Tu pourrais frapper avant d'entrer, marmonne Nolween avant de quitter la pièce.

– Qu'est-ce qui lui prend ?

– Rien, rien. Tu voulais me dire quelque chose ?

Il me pose les mains sur les hanches, m'attire vers lui, son regard m'hypnotise à la vitesse de l'éclair, je n'y peux rien : avec Lucas, c'est un coup de foudre à perpétuité.

Je flippe un peu qu'il me pose des questions sur le Front de libération de l'océan et de l'uchronie, dont Nolween vient de me parler.

– Qu'est-ce que tu fais cet après-midi ? Tu retournes au lycée ?

Ouf.

Mais mon inquiétude cède aussitôt la place à un dilemme : dois-je lui parler de mon rendez-vous à la gendarmerie, lui dire la vérité – au moins une partie ?

– Non, c'est trop tôt, je vais rester ici, je mens les yeux dans les yeux, comme j'ai rarement osé le faire. Tu veux rester avec moi ?

Coup de poker : s'il accepte, je suis dans le pétrin.

– Non, j'ai du boulot, mais je reviens le plus vite possible, OK ?

– Lucas…

– Oui ?

Je le serre fort contre moi, le couvre de baisers sur le front.

– Tu m'aimeras toute la vie ?

CHAPITRE 9

LES PRÉS SALÉS DU MÈS

Je suis assise face à un bureau sur lequel trônent un ordinateur portable et une lampe. Rien d'autre. J'attends, comme me l'a demandé gentiment le gendarme aux dents blanches, Gabriel Beaumont, sans même me passer un sac sur la tête ni les menottes. J'y pense car il y en a une paire accrochée à un porte-manteau, à côté d'un *tote bag*, sur lequel est écrit un slogan de rêve : *Gendarme, pourquoi pas vous ?* Moi ? Et pourquoi pas légionnaire, tant que vous y êtes ?

– Bonjour Klervi, me lance la major, habillée d'un pantalon bleu foncé et d'un polo plus clair orné d'un écusson où je ne peux lire que *Rennes*.

– Bonjour madame.

– Victoire. Tu peux m'appeler par mon prénom.

Elle passe la main sous le bureau, pose mon téléphone portable devant moi sans pour autant me donner l'autorisation de me jeter dessus. Les tonnes de messages que je dois avoir reçus… Au manoir, j'ai juste pris le temps d'ouvrir mon ordinateur, de lire mes mails et de faire une recherche sur les accidents mortels liés probablement aux algues vertes. Jez pourrait survivre, mais à quel prix ? Amnésie, stress post-traumatique, hospitalisation en psychiatrie pour confusion et agitation. Pendant des mois, des années…

– Tu as réfléchi à notre dernière conversation ?

– Je n'en ai parlé à personne, dis-je. Ma mère m'attend dehors. Si vous pouvez prendre ma déposition rapidement, ce serait cool.

– Je vois que tu n'as rien perdu de ta répartie, plaisante la major. Mais je suis ravie que tu aies tenu parole, si toutefois tu ne me racontes pas d'histoires, comme tu l'as fait samedi matin.

– Moi ?

– Nous avons eu le temps de recueillir d'autres précieuses informations sur ton téléphone, précise-t-elle. Et ailleurs.

– Mais je n'ai rien à cacher…

– On va voir ça, assène-t-elle.

Je déglutis en silence. Depuis l'accident de Jez, les flics rôdent partout. Je le sais car, quand j'ai commencé à circuler dans la Mustang, puis dans les fourgons frigorifiques de la société des Marées de l'Atlantique, Lucas m'a appris à les repérer. Voiture bleue ou grise, aucun autocollant sur la vitre arrière, style *Bébé à bord*, deux hommes devant, parfois un troisième derrière, cheveux courts, deux antennes sur le toit, bref un jeu qui nous faisait passer le temps, sur les routes de la presqu'île ou les quatre-voies menant à Lorient, Paris, Bordeaux ou Bayonne.

« Et ailleurs… »

Clovis ? Qu'a raconté le pilote du quad aux gendarmes, lui qui pourrait être accusé de tentative d'assassinat si les preuves venaient à l'accabler ? S'est-il mis à table au sujet du trafic de civelles ? De weed ? Et sur moi, qu'est-ce qu'il a dit ?

On frappe à la porte.

– Tu peux entrer, Marceau, on t'attendait.

Je tourne légèrement la tête, mon regard croise celui d'un homme d'une trentaine d'années, habillé d'un jean, d'une chemise blanche, une montre connectée au poignet. J'esquive son « regard de mer calme », comme dirait Charles, bleu, vert, gris. J'imagine qu'il vient juste porter un message à celle qui lui adresse un sourire accueillant, et qu'il va repartir comme il est venu. Mais non, il attrape le dossier d'une chaise, s'assied le dos dans le vide de l'autre côté du bureau. A-t-il fait ce geste pour m'impressionner, me montrer le revolver rangé dans un holster, juste au-dessus de la poche arrière de son pantalon ?

– Bonjour Klervi, me dit-il sans ciller.

– Je te présente l'adjudant Marceau Soldani, il travaille à l'OCLAESP.

– L'Office central de lutte contre les atteintes à l'environnement et à la santé publique, développe-t-il avec un léger accent parisien. Je suis un gendarme qui mène des enquêtes sur tout ce qui touche à l'environnement, les déchets, les espèces protégées, ou à la santé, comme le dopage ou le trafic de médicaments. Et je suis là pour aider la major dans sa nouvelle enquête.

Si Nolween était près de moi, elle me mettrait discrètement un coup de pied pour me dire : « Fais gaffe, Kler, il est chelou le keum, il t'embrouille. Quelle *nouvelle* enquête ? »

La major pose les mains sur le bureau.

– On te doit une fière chandelle, Klervi.

– Comment ça ?

– On ne va pas tourner autour du pot. Comme tout le monde ici, tu connais les prés salés du Mès, n'est-ce pas ?

Effectivement, je connais. C'est au milieu de ce marais que les Royer planquent un de leurs viviers clandestins, et c'est surtout là que Lucas m'a parlé mariage pour la première fois. Mais ça, bien sûr, je ne suis pas prête à le leur dire.

– Euh... oui, je marmonne, c'est sur la route entre Pénestin et Guérande.

– Tout à fait. À vrai dire, pour être plus précis, c'est à ton portable que l'on doit une fière chandelle. Tu vois où je veux en venir ?

Mon portable. Mes échanges avec Lucas. Mes déplacements. Mes... Je me rappelle soudain qu'on a pris des photos, ce jour-là. Lucas, un genou à terre, faisant évidemment le pitre, mais avec un regard si sérieux... Je ne les ai pas supprimées, ces photos, bien entendu ! J'étais si heureuse. Quelle idiote !

Victoire Redord poursuit, précise que les informations récoltées ces derniers jours dans la région confirment l'ampleur du trafic de civelles par une équipe structurée, de la presqu'île de Guérande jusqu'au Japon et en Chine. Un pillage organisé par la même équipe depuis plusieurs décennies.

L'adjudant prend alors la parole. D'une voix posée et grave.

– Le braconnage, c'est le point de départ, dit-il. La mafia de la civelle commence ici, sur le littoral français. Mais notre job, c'est de remonter les maillons d'une chaîne internationale. Le trafic de civelles, c'est devenu plus rentable et moins risqué que le trafic de drogues. Seulement, ce n'est pas moins sale.

– Ces gens-là ne plaisantent pas, intervient Beaumont. Comme dans tout ce qui rapporte beaucoup d'argent, il y a des règlements de comptes, des meurtres...

Je repense à l'homme à qui les Royer doivent bientôt livrer des civelles. Un Chinois de Paris. Lucas m'a raconté ce que tout le monde dit de lui : il peut lever une armée juste en baissant les yeux. Un personnage de cinéma. Ça m'avait amusée, j'ai même demandé à Lucas si je pourrais l'accompagner au rendez-vous. Il m'a répondu : « T'es folle ou quoi ? »

– Dois-je te rappeler, enchaîne la major, que tu encours jusqu'à sept ans de prison ?

– Mais je vous l'ai déjà dit, je n'ai rien fait de mal, je n'ai rien à voir avec la mafia de la civelle, moi !

– Ton téléphone prouve le contraire. Tu es allée aux prés salés du Mès pour préparer les viviers, tu as participé au transport des civelles, dans la presqu'île et même au-delà… Et figure-toi que notre enquête nous a révélé autre chose : c'est justement le vivier des prés salés du Mès qui a été détruit par le FLOU. Tu te souviens de la pièce d'un euro, Klervi ?

Je suis dans la merde. Jusqu'au cou. Saleté de portable !

– Tu as aussi fréquenté tous les casinos de la région, celui de Pornichet en tête, lâche Marceau Soldani, pour casser les billets de 500 euros, faire semblant de jouer et repartir avec des petites coupures.

Je sens le sol chanceler sous mes pieds.

– On s'arrête là, ou on continue ? demande la major d'une voix douce.

– Arrêtez ! Vous me faites quoi, là ? Mon frère est dans le coma, j'ai perdu mon cheval…

Je me lève d'un bond, prends mon ciré d'un geste déterminé, leur tourne le dos et me retrouve face aux dents blanches du sosie de Jonathan Daviss, qui n'a pourtant pas l'air de rigoler.

– Laissez-moi partir, lui dis-je. Laissez-moi !

Je tente un passage en force, il oppose son mètre quatre-vingt-dix et ses oreilles mâchées de troisième ligne de rugby – un détail qui m'avait échappé et qui retient mon envie folle de le plaquer au sol.

La voix de Marceau Soldani me glace le sang.

– Ce n'est pas le moment de t'enfuir, Klervi, sauf si tu veux précipiter les choses. Pour l'instant, tu n'es pas en garde à vue et, comme au Monopoly, tu n'es pas tombée sur la case « prison ». On veut juste discuter tranquillement avec toi, tu comprends ?

Je me retourne, j'ai peur, suis en apnée. Comme jamais.

– Je te le répète, Klervi, poursuit la major. Notre devoir, avant même de défendre cette espèce en voie d'extinction, c'est de te protéger.

– Mais je n'en ai pas besoin, dis-je d'une petite voix que je ne me connais pas. Vraiment…

– Vous formez un beau couple, avec Lucas. Tu te souviens de ce que je t'ai dit ?

J'opine légèrement.

– As-tu conscience que la famille de Lucas te manipule ?

– N'importe quoi…

– Que l'accident sur la plage est probablement une violente riposte à la destruction du vivier clandestin, un acte prémédité, si ce n'est *commandité* par la famille de Lucas ? Contre ton propre frère ?

J'ouvre la bouche pour leur dire que ce n'est pas ça, que c'est une histoire de weed entre Clovis et Jez, mais il vaut mieux que je la boucle.

– Cela dit, continue son adjoint, nous sommes persuadés que tu n'as pas pris la mesure du commerce illégal auquel tu as involontairement participé. Et aussi, que tu désires protéger Lucas Royer, le sortir d'un système familial qui le fera de toute façon courir à sa perte. Voilà pourquoi nous allons te mettre dans la confidence…

– Notre première enquête concernait un accident de cheval sur une plage couverte d'algues vertes, poursuit l'adjudant parisien.

– Mais nous avons débuté une *autre* enquête, précise la major, visant à identifier les individus qui s'adonnent au trafic de civelles.

– Les Royer ?

Ils échangent un regard dans lequel je devine une pointe de satisfaction. J'ai parlé trop vite, mais, au point où on en est, est-ce vraiment un secret ?

– Tu vois, quand tu veux, lance Soldani avec un sourire enjôleur.

Je me rassois lentement, suis à court de réponses, rincée par l'averse d'informations qu'ils viennent de m'infliger sans que je puisse ouvrir un quelconque parapluie. Je demande un verre d'eau, le bois cul sec.

– On a une proposition à te faire, Klervi, expose la major en jetant un coup d'œil vers son collègue.

– Il s'agit de nous aider, déclare-t-il.

– De vous aider ? Mais à faire quoi ?

– Mettre ton esprit de déduction, ton sens de la formule et ton côté aventurier à notre service, pour sauver des milliers et des milliers de bébés anguilles d'une mort programmée. Sais-tu que seulement dix pour cent des alevins d'anguilles braconnés arrivent dans une assiette au Japon ou en Chine ?

Comme si la situation n'était pas assez pénible, Victoire Redord se fout de ma gueule.

– Il s'agira surtout de sauver ta peau. Et celle de Lucas. De vous éviter, à tous les deux, la case prison, conclut l'envoyé de Paris.

Je passe de la peur à l'angoisse totale, en un rien de temps. Je suis désarmée, impuissante et seule. Je me revois dans la Ford Mustang, à écouter BigFlo & Oli sans parvenir à demander à Lucas pour quelle raison il m'a demandé de protéger Clovis.

Ça va trop vite, ça va trop vite, donc ralentis, respire, respire…

Je passe en revue mes rêves d'avenir : le mariage, les enfants – des jumeaux, bien sûr –, le haras que Lucas m'avait promis de m'offrir. Mon Lucas, ma belle étoile.

– Vous pouvez sauver Lucas ?

– Lucas, ce sera plus difficile que toi, répond la major en lançant un regard réprobateur à son collègue. Mais, en ce qui te concerne, nous ferons tout ce qui est en notre pouvoir pour que tu ne sois pas incarcérée, pas même un seul jour.

Ai-je vraiment le choix ?

– Quel genre de services je vous rendrais ? Je n'ai pas bien compris…

Marceau Soldani se lève, ferme la porte et revient s'adosser au mur, les mains derrière le dos.

– Tu nous fourniras des renseignements, des informations…

– Sur quoi ?

– La contrebande de civelles organisée par les Royer.

– Vous êtes fous…

– Ils sont si dangereux que ça ?

Bonne question. Dangereux, certes, mais jusqu'à quel point, je n'en ai pas la moindre idée. Je n'ai jamais été témoin d'une quelconque violence, même si j'ai entendu parler de coups de feu échangés sur les bords de la Loire ou en plein centre de Nantes, de coups fourrés vite déjoués par le clan Royer. Je n'ai accompagné Lucas qu'une fois sur le barrage d'Arzal, le plus gros spot de civelles de la presqu'île ; j'y ai vu un masque de crainte sur le visage de trois braconniers, pourtant forts en bras et grandes gueules, quand Lucas a brandi le nom de Lucien alors que les bracos essayaient de l'arnaquer sur le prix et les quantités.

Ça suffit pour me faire craindre le pire.

– Et s'ils me surprennent ?

– On compte sur ton sens de la répartie, réplique la gendarme. On ne demande pas ce genre de service à n'importe qui. On est sûrs que tu seras à la hauteur du challenge.

Elle me flatte, je le sais, mais je dois avouer que ça me fait du bien.

– Et tu n'auras pas besoin de prendre de risques pour récolter les informations qui nous seront utiles. Tu ne dois surtout pas provoquer les choses, juste nous raconter ce à quoi tu assistes.

– Et tu ne dois pas participer au trafic, enchérit Soldani. Juste en être témoin. C'est important.

Je me prends soudain à rêver : une fois ma mission terminée, on se sauvera le plus loin possible, Lucas et moi, on s'inventera une nouvelle vie. On emmènera Jez avec nous, qu'il soit dans un fauteuil roulant ou sur une planche de surf. On rira de la drôle d'histoire qu'il aura provoquée sans même la vivre…

– Vous me laissez le temps de réfléchir ?

– Qu'est-ce qui pourrait te freiner ?

C'est typique de la major, de répondre à une question par une autre question. Alors, j'en fais autant :

– Vous me promettez que vous ferez quelque chose pour Lucas ?

Ils se regardent longuement, je sens qu'ils ne sont pas d'accord.

– Nous insisterons auprès du juge d'instruction pour que le rôle de Lucas soit minimisé, assure l'envoyé spécial de Paris.

– Mais, pour être franche avec toi, enchaîne la major, le fait qu'il n'ait pas le statut de collaborateur de justice, contrairement à toi, sera un handicap lors du procès.

– Ta précieuse collaboration plaidera tout de même en sa faveur, enchérit Soldani. Les cartes sont entre tes mains.

« Tu n'as plus rien à perdre, me souffle la voix de Jez. N'oublie pas ce que j'ai écrit sur le marque-page : *Ce sont ceux dont on n'attend rien qui font des choses auxquelles nul ne s'attend.* »

Les rendez-vous auront lieu à Saint-Nazaire, ou peut-être à Nantes ou ailleurs, là où la probabilité que je rencontre une connaissance est faible. Tout de même, au cas où cela se produirait, mes deux « agents traitants » – c'est ainsi que Victoire et Marceau ont défini leur rôle auprès de moi – me fourniront une mini-légende, quelque chose à raconter qui explique ma présence avec eux.

– Tu as vu la série *Le Bureau des légendes*, sur les espions français ? Ce sera pareil… Sauf que, pour toi, ça s'arrêtera un jour : il n'y aura pas d'autres missions.

Et mon rôle consistera seulement à obtenir des renseignements et les leur refiler, sans me mettre en danger. Si toutefois cela se produisait, j'aurais le statut de repentie : une protection permanente, sous une nouvelle identité.

– Mais ne t'inquiète pas : ça n'arrivera pas. Si tu agis bien comme on te le demande.

Dans le répertoire de mon téléphone, ils ont enregistré un nouveau numéro, au nom de « Marcel », comme Marcel Marceau, le mime, celui qui a sauvé des enfants juifs pendant la Seconde Guerre mondiale.

– Si parfois tu as des doutes, ça te rappellera ton engagement : sauver une espèce en voie d'extinction. T'engager dans la défense de la biodiversité. Comme ton frère, en quelque sorte…

Pour terminer, je ne serai pas informée de l'enquête en cours ni de son développement, pas même du lieu et du moment où la « cellule spéciale » – c'est l'adjudant Soldani qui emploie ce terme terrifiant – interpellera les trafiquants. Les Royer, quoi. Je serai mise en garde à vue, on me soufflera ce que je devrai dire, signer, et j'en ressortirai libre.

– Et ton Lucas aussi, s'avance Marceau Soldani.

Voilà, à partir d'aujourd'hui, je suis une « source ». Une collaboratrice de justice. Immatriculée et protégée. Pas une traître, non. Mais je vais devoir m'en convaincre jour et nuit.

CHAPITRE 10

MAINTENANT OU JAMAIS

Il est habillé d'un jean, d'une chemise blanche, les manches retroussées jusqu'aux coudes. Marceau pose son revolver sur le bureau, s'approche, je recule lentement, rase le mur, cherche une porte de sortie. Marceau sourit, je suis hypnotisée par ses yeux de chat. Mon cœur bat à tout rompre, il m'attache à une chaise, me dit : « Tu n'as plus le choix, Klervi », je lui répète : « Qu'est-ce que je dois faire ? » Je suis au bord des larmes, sa voix est maintenant celle de Victoire, la major, je la devine derrière lui : « C'est à toi de voir, Klervi, c'est lui ou moi. » Qui, lui ? Lucas, Jez, Marceau ? Il est très beau, je n'avais pas remarqué à quel point. Je bafouille : « Non, Marceau, non, je ne peux pas trahir Lucas. » Ma mère entre dans la pièce sans fenêtres, ses cheveux sont ébouriffés, elle me défie du regard : « Qu'est-ce que je t'avais dit ? La malédiction a frappé à notre porte : ton père est parti, ton frère est parti, tu vas partir aussi et… » Je reçois un texto de Lucas : *Ne parle pas de Clovis, d'accord ?* J'entends la voix lointaine de Nolween : « Klervi, on est arrivées, allez, bouge. »

Je me réveille en sursaut. Nolween m'offre son sourire naturel, complice.

– C'est qui, Marceau ? Tu rêvais hyper fort, j'ai cru que tu étais réveillée !

– C'est personne.

Je me lève lentement. On s'assoit toujours à l'avant du bus, les premières à sortir pour rejoindre le centre-ville avant d'aller au lycée ou de refaire le monde au « Café qui tient chaud ». C'est Nolween qui lui a donné ce surnom, et il lui va comme un gant.

Guérande se réveille, il est à peine 9 heures. Le vent d'ouest a lavé le ciel, le bleu a chassé le gris, et moi, j'ai l'impression d'être une autre. La cité médiévale a revêtu ses colliers multicolores, ressorti ses habits de lumière, projeté du bleu sur les remparts, calé son sapin géant devant la collégiale Saint-Aubin : c'est bientôt Noël. Ce qui est sympa ici, c'est que la plupart du matériel qui sert de décoration, c'est de la récup : palettes, troncs d'arbres…

Je prends un double expresso, Nolween une tisane. Au Café qui tient chaud, on se sent trop bien. Justin, le barman à moustache, nous garde toujours la même place, la banquette en velours rouge qui donne sur la rue et la collégiale. Nolween adore se regarder dans le reflet de la vitre qui, côté rue, accueille des affiches d'événements culturels passés et à venir. Les triskels des concerts celtiques du mois d'août ont jauni au soleil et ils me rappellent que Jez n'est pas rentré à la maison depuis bientôt une semaine. Chaque été, il se porte bénévole pour presque tous les festivals de la région.

J'ai une boule au ventre, elle ne me lâche plus depuis que j'ai refermé la porte de la gendarmerie. J'ouvre régulièrement mes contacts pour y retrouver, à la lettre M, « Marcel ».

Comme Marceau. Et si Lucas venait à fouiller dans mon répertoire, comme je vais peut-être être obligée de le faire dans le sien ? Il faut que je trouve une réponse toute faite au cas où… De Marcel, je n'en connais pas !

Nolween m'a proposé ce rendez-vous pour me parler de son délire du moment, né autour de l'odeur sucrée des crêpes de ma mère. Une manifestation pour dénoncer le scandale des « laitues », une « marée verte humaine ». Elle a sa petite idée, elle s'y voit déjà. J'ai eu aussi le temps d'y penser depuis mon basculement en mode espionne, même si ce n'est encore qu'une chimère, une idée qui m'enthousiasme et me glace les sangs en même temps.

À chaque seconde qui passe, je bloque sur le mot-clé : « marée ». « Verte » comme les algues et la manif, « de l'Atlantique » comme le nom de la société des Royer. Les Marées de l'Atlantique dont le siège est ici, à Guérande. Une institution connue jusqu'à Rungis, les halles qui alimentent la France tout entière, mais aussi Rome, Zurich ou Séville.

Tout me relie aux Marées : mon père qui, naguère, vendait sa pêche à la criée de La Turballe à Paul et Lucien ; la poissonnerie de ma mère, qui ne serait rien sans les livraisons matinales de la « maison Royer », comme dit Colette ; Lucas, le petit-fils de cette dernière, l'héritier du clan, le futur mari qu'elle m'accorde sans concession ; enfin, le trafic de civelles, sous le manteau, un business dorénavant sous l'œil de la cellule spéciale des gendarmes, de mes agents traitants. Qui aurait pu imaginer, il y a encore trois jours, que je passerais de l'autre côté du miroir ?

Nolween fait un petit geste de la main en direction d'un groupe de lycéens, tous du Croisic, qui s'assoient bruyamment. Pas besoin de se le dire, nous n'irons pas au lycée aujourd'hui : j'invoquerai mon état de « fatigue » lié à l'accident, Nolween, la nécessité de me soutenir dans l'épreuve. La proviseure a envoyé un petit mot à Mammig pour nous assurer de sa solidarité. Elle sait de quoi elle parle : le toit de sa maison a été soufflé par Zelly, il y a une quinzaine de jours, et elle vit dans son camping-car. Des cernes noirs autour des yeux, elle assure tant bien que mal la vie du lycée qui, lui, a été épargné par la tempête. Dommage, ça aurait été pour beaucoup d'entre nous la meilleure nouvelle de novembre !

Sur une feuille à petits carreaux, Nolween récapitule sa vision de la manifestation, une manifestation de grande ampleur, qu'elle imagine le jour de l'inauguration officielle des illuminations de Noël – dans quatre jours –, histoire d'attirer l'attention et les journalistes parisiens des chaînes info. Une manifestation en l'honneur de mon frère et de mon cheval. C'est assez fou, mais je suis son plan sans broncher et ne me risque pas à le commenter.

J'imagine la tronche des Royer et de mes gendarmes s'ils me voient en tête de cette manif ! Plus discret que ça, tu meurs.

– Tu as perdu ta langue ? me demande Nolween.

Je n'ai pas le temps de lui répondre, elle enchaîne en mâchant le bout de son crayon :

– Ce sont vraiment des ordures.

– Qui donc ?

– Tous ceux qui ne pensent qu'à leur petit confort, à leurs gros profits, à leurs magouilles…

– Ça va, No… Je vois bien où tu veux en venir et…

Elle écrit les cinq lettres en capitales : ROYER.

– Tu veux vraiment qu'on parle de ça ?

Elle écrit « OUI » en se servant du O de « Royer » comme si on jouait au Scrabble. Puis elle utilise le I pour écrire « KLERVI ».

– Les Royer n'ont rien à voir avec les marées vertes !

Elle me fusille du regard.

– Peut-être, mais ils n'ont jamais bougé le petit doigt pour régler le problème !

Elle hésite, évite mon regard.

– Et puis…

– Quoi ?

Encore une fois, je comprends ses allusions. Pourquoi Clovis a-t-il suivi mon frère sur la plage ? Je m'accroche à cette idée, qu'elle m'a elle-même donnée : c'était une histoire de weed, rien d'autre.

Il faut que j'apprenne à ne pas répondre vite, trop vite. Mon père m'a dit un jour : « Répondre à une question par une autre question, ce n'est pas éviter de répondre, comme on pourrait le croire, non. C'est juste reprendre la conversation à son compte. S'affirmer. »

– Et si on faisait d'une pierre deux coups ?

– C'est-à-dire ?

– Un : la manif, deux : un téléthon.

– Un téléthon ? répond Nolween en arrondissant ses yeux couleur olive soulignés d'un léger trait de crayon noir. Pour qui ? Jez ?

– Non, pour les victimes de Zelly. « Zellython », ça sonne, non ?

Nolween raccroche le mot au E de ROYER, ajoute un dièse avant le Z.

– Yep, #Zellython ! s'écrie-t-elle. Mais c'est encore plus lourd à organiser…

C'est vrai, seulement… rien n'est plus léger que le succès qui tend les bras aux audacieuses, non ? Tout à coup, on se prend à rêver qu'on est capables de le faire.

– Je crois que, sur ce coup-là, on va avoir besoin d'aide, décrète Nolween. À commencer par mon père…

Déjà, elle me tire par le bras et nous retrouvons l'air frais du petit matin guérandais. Direction : le bureau de l'Office français de la biodiversité. Le père de Nolween est inspecteur de l'environnement ; rien à voir avec mes agents traitants – enfin, j'imagine –, si ce n'est que lui aussi est garant du respect des lois liées à la préservation de la biodiversité.

Nolween m'entraîne vers une porte sur laquelle il est écrit : *Une nouvelle force pour relever le défi de la protection et de la restauration de la biodiversité dans l'Hexagone et en outre-mer.* Elle entre sans frapper, ce qui ne fâche pas Richard Fauvelle, au contraire. Il accueille sa fille avec un large sourire, puis il me tend les bras, comme pour m'inviter à m'y réfugier. Je me laisse faire et me rends compte à quel point mon père me manque. Aucune nouvelle depuis que ma vie a basculé en enfer. Pourquoi tu ne réponds pas à mes messages, papa ?

Je ne connais personne d'aussi jovial que Richard Fauvelle, toujours de bonne humeur, sauf quand sa fille unique, gâtée pourrie, roule et allume une cigarette dans leur salon qui domine la mer. Richard déteste les fumeurs, « les plus gros pollueurs de la Terre », assène-t-il tout en usant de son savoir pour démonter, pièce après pièce, la mécanique des réseaux d'influence, « des lobbys », du tabac.

– Alors, les filles, demande-t-il en grattant sa barbe poivre et sel, est-ce que je peux savoir pourquoi vous n'êtes pas en cours ?

Nolween élude la question, parle rapidement de la manif – elle lui en a déjà touché un mot la veille – et lui expose la nouvelle idée du Zellython.

– Que veux-tu que je te dise ? Que c'est une bonne idée ?

– Que c'est de la bombe ! affirme-t-elle.

– Qu'on va tout faire péter ! j'ajoute, même si les doutes continuent de m'assaillir de toutes parts.

– Qu'est-ce que tu en penses, papa ?

Il se laisse tomber de tout son poids dans son fauteuil, pose les coudes sur les accoudoirs avant de se tourner les pouces à grande vitesse.

– Je pense que, si vous voulez le faire, c'est maintenant ou jamais. Ce qui est arrivé à Jez et à Torka a déjà alerté les médias. Je suis sûr qu'on peut compter sur le cousin de ta mère, Klervi, pour réactiver la machine médiatique, non ?

Le père de Nolween, je le connais depuis que je suis toute petite. Nous sommes voisins, les Fauvelle et nous – si je me penche depuis ma fenêtre, j'aperçois celle de Nolween à une cinquantaine de mètres. J'ai toujours vu Richard chez lui, entouré de livres sur la nature, ou sur la plage, des jumelles autour du cou. Lorsqu'il parle environnement ou biodiversité, ça ne laisse pas indifférent, au point que plus personne ne veut lui en parler.

– C'est maintenant ou jamais, répète-t-il, avant d'enchaîner : À terme, la presqu'île sera frappée par des phénomènes de submersion, comme si la mer était poussée par une force invisible pour briser tout ce qui est en première ligne : arbres, dunes, ports, maisons. Zelly, ce n'est rien comparé à ce qui nous attend. À croire qu'on a déjà oublié Xynthia, la tempête qui a balayé l'ouest de la France en 2010. Quarante-sept morts, des milliers de déplacés, un traumatisme pour les hommes, mais aussi pour la faune et la flore. On aura beau édifier des digues, bétonner à tout-va, rien n'empêchera l'effacement du littoral tel qu'on le connaît aujourd'hui. Avec le réchauffement climatique, inéluctable, la montée des eaux engloutira les prés salés, le parc naturel régional de Brière, la Vilaine et la Loire ne pourraient faire plus qu'une – une mer qui noiera Nantes, ce qui modifiera à jamais l'écosystème. Alors, allez savoir ce qu'il adviendra ! On vivra sur des pilotis de cinquante mètres de haut ? Dans des vaisseaux maritimes qui flotteront et utiliseront la force des marées, le soleil ou le vent pour fabriquer de l'énergie ?

Richard ne m'a pas lâchée du regard, peut-être parce qu'il n'a plus besoin de convaincre sa fille, peut-être parce que le message s'adresse à moi : l'accident, *L'insoutenable coma de Jezequel* comme l'a titré le journal régional, a frappé les consciences. Il paraît que la ministre de la Mer a prévu de venir en personne à Pénestin pour rassurer la population, les familles, les touristes, qu'elle va annoncer un nouveau plan anti-algues.

– Face à l'urgence, conclut le père de Nolween, le temps n'est plus aux demi-mesures : c'est le temps de la révolution. La révolution des consciences. La révolution de l'économie. La révolution de l'action politique.

– C'est une citation de Jacques Chirac, me lance Nolween avec un clin d'œil.

– Sérieux ?

– Aussi vrai que je suis inspecteur de l'environnement, confirme Richard. L'ancien Président a dit en 2002 : « C'est une urgence, notre maison brûle, et nous regardons ailleurs », célèbre formule reprise par Greta Thunberg en 2019, soit dix-sept ans après ! Surprenant, non ?

J'ouvre la bouche pour lui répondre, mais Nolween me coupe la parole :

– Papa, tu as des nouvelles de l'enquête ?

Richard lui fait les gros yeux, comme pour lui signaler que ce n'est ni le moment ni l'endroit.

– Je veux dire…, reprend Nolween. Est-ce que tu sais, juste, si l'enquête avance ?

Il plonge une nouvelle fois son regard dans le mien.

– L'enquête suit son cours, affirme-t-il.

– Vous êtes au courant ? j'ose.

– Pa' est souvent associé aux « affaires criminelles », articule Nolween en mimant des guillemets, mais c'est une tombe ! Je n'ai jamais réussi à lui faire avouer quoi que ce soit, même sous la torture.

– Pas criminelles, non, rectifie Richard. Mais je suis bien sûr associé aux enquêtes sur les affaires portant atteinte à l'environnement…

– Tu sais qu'il a même un revolver, des menottes, et tout, et tout ? enchérit Nolween.

– C'est vrai ?

Je me revois face aux gendarmes, et me demande si l'inspecteur est en relation directe avec la cellule spéciale qui doit « mettre les Royer hors d'état de nuire », s'il sait ce qui se trame.

Depuis hier soir, je me demande sans arrêt comment je vais pouvoir aller à la pêche aux renseignements, ce que je dois trouver en priorité, d'autant que mes deux agents traitants ne m'ont donné aucun conseil, pas même un objectif particulier. Genre… trouver un coffre-fort ou une cache d'armes ?

La nuit dernière, j'ai surfé sur le Net pour savoir ce qu'est une « source », même si j'ai vu pas mal de séries sur le sujet, à commencer par *Le Bureau des légendes.* D'ailleurs, dans cette série, les sources sont formées, testées avant d'être envoyées sur le théâtre des opérations. Moi, je suis censée improviser… Pour être franche, je préférerais aller voir Lucas, tout lui expliquer, et fuir avec lui dans sa Mustang jusqu'au bout du monde. Mais non, la voix de Jez ne dort pas, elle me rappelle que *Ce sont ceux dont on n'attend rien qui font des choses auxquelles nul ne s'attend* et que je ne peux plus faire marche arrière.

Bref, c'est en passant une partie de la nuit sur l'écran que l'évidence m'a sauté aux yeux. Le téléphone ! Tous les trafiquants ont un portable. Plusieurs, même. C'est par là qu'il faut commencer. J'ai réussi à trouver une info sur le sujet, mais je ne sais pas si elle est vraie. « C'est maintenant ou jamais », comme l'a dit Richard : je dois vérifier quelque chose, et tant pis si ça éveille les soupçons de l'inspecteur.

– Si vous faites des enquêtes, dis-je, vous pouvez peut-être m'aider ?

– Je suis là pour ça.

Qu'insinue-t-il ? De nouveau, je me demande à quel point il est de mèche avec mes agents traitants. Et une autre question s'ajoute à la première : s'il est associé à l'enquête sur le trafic de civelles, savait-il où était le vivier clandestin des prés salés du Mès ? Est-ce lui qui, volontairement ou pas, a donné l'info au FLOU par l'intermédiaire de sa fille ?

– Comment fait-on pour trouver le numéro d'un portable fermé ?

– Tu veux dire : sans déverrouiller l'appareil, c'est ça ?

Il se tourne vers Nolween :

– Rien de plus simple. Passe-moi ton smartphone, ma chérie.

Nolween a l'air perplexe, autant à cause de ma question qu'à la perspective de donner son téléphone à son père. Je la comprends, rien n'est plus personnel qu'un portable.

Elle finit par céder. Richard manipule l'appareil devant mes yeux, rien de bien compliqué, en effet, c'est à peu près le protocole que j'ai trouvé sur le Net. Et il me donne à lire le numéro de Nolween avant de me fixer de nouveau et de me dire, le plus sérieusement du monde :

– À toi de jouer, ma grande !

CHAPITRE 11

À TOI DE JOUER, MA GRANDE !

Je m'étire de tout mon long. Je n'ai aucune envie de me lever. Ce matin, au petit déjeuner, je vais me retrouver face aux Royer, de la grand-mère au petit-fils, je serai le cinquième doigt d'une main qui sera amputée dans deux, quatre, six mois… Qui sait quand les gendarmes interviendront ? L'enquête ira-t-elle jusqu'au bout ? Je m'accroche à la promesse de Marceau Soldani, celle de sauver Lucas…

D'habitude, il vient se blottir contre moi, puis il tire la couette doucement, par à-coups, pour me faire râler et m'obliger à me lever. J'attends… Mais il a déjà allumé la télé pour regarder les infos. Il est bloqué devant l'écran, parle dans sa barbe lorsque le journaliste, face caméra, annonce : « C'est ici, près de la ville de La Roche-Bernard, à quelques kilomètres de la baie de Pont-Mahé où s'est déroulé le drame, que l'État a décidé de construire un site de traitement des algues, ces fameuses algues vertes qui, une fois recyclées, serviront d'engrais… »

Le moment est peut-être mal choisi, mais je ne peux plus éviter cette conversation.

Je ferme les yeux.

– Lucas…, je murmure en m'approchant de lui et en lui prenant le visage entre mes mains.

Il reste tourné vers l'écran.

– Tu as entendu ça ?

Je l'embrasse, l'oblige à me regarder.

– Lucas, qu'est-ce qui s'est passé sur la plage ?

J'ai l'impression qu'il devient blême tout à coup.

– Franchement, Klervi, c'est pas le moment, élude-t-il. Ils nous attendent à la maison, surtout avec cette histoire d'usine et…

Par « maison », il entend la villa familiale.

– Lucas, j'ai besoin de savoir.

Il baisse les yeux, m'attrape les mains.

– Je ne sais pas ce qui s'est passé sur la plage, susurre-t-il.

– Alors, pourquoi tu m'as demandé de ne pas parler de Clovis ?

– C'est pas un secret : Clovis est allé sur la plage avec mon quad. Pourquoi ? Franchement, aucune idée. Je voulais juste lui éviter des ennuis, assure-t-il, et éviter d'attirer l'attention sur nous. Mais, de toute façon, les gendarmes le savaient déjà, alors…

– Tu n'as pas demandé à Clovis ?

– Je lui ai demandé s'il avait fait une connerie, il m'a répondu non. Ça me suffit. Clovis, je le connais depuis que je suis tout petit. Je sais que je peux lui faire confiance…

Lucas répond du tac au tac. Je le sonde, droit dans les yeux. Il n'a pas l'air de mentir. Il ne ment pas, lui. De mon côté, je dois faire attention à ne pas en dire trop.

– Et la lettre anonyme, Lucas, qu'est-ce que tu en penses ?

C'est à son tour de me fixer droit dans les yeux.

– Comment tu sais ça, toi ?

Ça signifie qu'il connaît l'existence de cette lettre.

– C'est Nolween qui m'en a parlé. Une rumeur qui a fait le tour de la presqu'île, a priori. Et toi, comment tu le sais ?

– Les nouvelles vont vite. Romain a mené sa petite enquête, confie-t-il. C'est un groupe de gars de Rennes qui a détruit le vivier. Et tu connais Romain, ils vont le regretter ! Tu vois, ça n'a rien à voir avec ton frère, c'est mieux comme ça, non ? À moins que…

– Que quoi ?

– Que tu imagines autre chose ? Tu es sous le choc du coma de ton frère et de la mort de Torka, dit-il tendrement, c'est pas le moment de se faire des films, OK ?

Il m'offre un long baiser, ça me rassure.

Est-ce qu'il doute de moi ? Non. Il ne peut même pas envisager un seul instant qu'une cellule spéciale ait lancé une enquête sur le compte de sa famille. C'est que le clan se targue d'être protégé « en haut lieu » ! Alors, que je sois une taupe… comment pourrait-il l'imaginer ? Mon pauvre amour.

Il se tait un instant, avant de conclure :

– Je te jure, sur la tête de Colette, que je n'en sais pas plus.

Le pire, c'est que je le crois. Jez est allé sur la plage pour acheter de la weed en toute discrétion à Clovis, et il s'est embourbé comme un idiot. Voilà la vérité, le vrai film. Pas de lien entre le vivier et l'affaire de la marée verte. Il n'y a qu'un seul traître dans cette pièce, c'est moi.

Lucas regarde sa montre, me dit qu'on doit vraiment y aller, maintenant. Colette a horreur qu'on arrive en retard, surtout le mercredi matin, jour sacré du petit déjeuner familial, après sa promenade en bord de mer.

Je le retiens un dernier instant, en réfrénant l'écume des larmes qui montent à l'assaut de mes yeux.

– Est-ce qu'on partira, un jour ?

Mais pourquoi partirait-il, lui, l'unique héritier des Marées de l'Atlantique et de toutes leurs ramifications, lui au destin tout tracé ?

Pourtant il opine, un air coquin à la commissure des lèvres :

– Bien sûr qu'on partira.

Je cache mes joues empourprées contre son torse, je le serre très fort, m'accroche à ses épaules musclées. Il chuchote à mon oreille des projets d'évasion, de grand large… Lucas, c'est ma bouée, mieux que ça : la chaloupe qui va me sauver du naufrage annoncé. Je veux me reposer à mille pour cent sur ce qu'il vient de me dire, même si je n'en crois pas encore mes oreilles. Non, nous ne serons pas les dignes héritiers des Marées de l'Atlantique, comme le clan nous y prépare, mais un couple libéré de l'emprise familiale, prêt à partir en mer pour ne jamais revenir…

Nous traversons le jardin en courant pour échapper à l'averse de grêle qui nous tombe dessus. La porte s'ouvre sur Colette, la peau fripée par ses 75 printemps, sourire bienveillant, vêtue d'un survêtement de marque. On lui offre une bise, une sur chaque joue légèrement maquillée, elle nous pousse sans détours dans la villa.

Nous rejoignons notre place – face à face – pendant que les deux frères Royer terminent leurs messes basses, une serviette autour du cou protégeant leur chemise hors de prix. J'ai soudain le trac, comme la première fois où je les ai rencontrés. J'avais eu l'impression d'être au milieu d'une meute de renards, qui me reniflaient afin de déterminer si le danger venait de frapper à leur porte.

Je me jette sur les crêpes pour ne pas avoir à parler. Je dois me focaliser sur ma « première mission ».

À toi de jouer, ma grande !

Mais la conversation est digne d'intérêt.

– Vous avez entendu pour l'usine de traitement des algues ? demande Lucas. C'est allé vite…

Lucien éclate d'un gros rire.

– T'inquiète, Lucas, on est allés plus vite qu'eux. On a réglé ça avec Paris : c'est bon, on a le marché.

Lucien n'en dit pas plus ; il n'en a pas besoin, tout le monde a compris. Même moi. J'ai beau être naïve et n'avoir toujours écouté leurs discussions que d'une oreille, à force de les côtoyer, je me suis familiarisée avec leur jargon. Celui des entreprises, des affaires, des subventions. Il y a des choses que je comprends spontanément. Ça me crève les yeux, maintenant.

« Paris », c'est Marion, l'une des maîtresses de Lucien. Il l'a rencontrée quand elle était étudiante. Le *sugar daddy* sait être séduisant, convaincre à coups de poésie (ce n'est pas un *fake*, il est vraiment passionné de poésie) et de gros billets. C'est lui qui a financé les études de Marion (entre autres…), une jeune femme brillante, qui travaille maintenant au ministère de l'Agriculture, section pêche. Joindre l'utile à l'agréable : ça pourrait être une devise des Royer, surtout de Lucien.

Donc, l'État a ouvert un appel d'offres pour s'occuper du ramassage et du transport des algues que traitera l'usine. Normalement, plusieurs entreprises y répondent, proposent leurs services avec les coûts qui y sont associés, et la meilleure offre est choisie. Normalement. Car Lucas m'a déjà emmenée déposer un gros pot de caviar chez un « mec » de la chambre de l'Agriculture. Ça, plus un petit coup de pouce de Marion, et l'affaire est dans le sac. Une nouvelle activité qui a de fortes chances d'être lucrative, et qui éloignera ceux qui cherchent des poux écologiques sur la tête des Royer. S'ils retraitent les algues vertes, c'est qu'ils sont *clean*, non ? Joindre l'utile à l'agréable…

Tout à coup, une pensée me saute à l'esprit :

« Pour joindre Marion, Lucien a forcément utilisé son téléphone clandestin. »

« Téléphone clandestin » ou « téléphone de guerre », comme disait la journaliste dans l'article que j'ai lu sur le Net à propos des trafics de drogue. Des téléphones souvent à clapet, évidemment sans Internet. Où cache-t-il le sien, le tonton flingueur ? Où cache-t-il *les siens* ?

Je reprends une crêpe, du thé. Je voudrais me laisser dorloter par l'ambiance cosy de la demeure. Je voudrais faire machine arrière, mais c'est trop tard. *À toi de jouer, ma grande !* Me voilà face à la grande épreuve initiatique, celle qui fera de moi une taupe, pour de vrai.

J'ai le palpitant qui s'accélère lorsque Colette tape légèrement sur l'assiette avec la pointe du couteau, le signal de la matrone pour quitter la table. Il est pile 9 heures. Lucien lance à Lucas :

– Les affaires reprennent. Tu n'oublies pas la route de la soie ?

De nouveau, je m'aperçois que, malgré ma naïveté, je comprends tout entre les mots. La route de la soie, c'est le nom donné aux anciennes routes commerciales qui reliaient l'Europe à l'Asie. Clairement, Lucien a rappelé à Lucas qu'il devait contacter leur client chinois, celui capable de lever une armée en baissant les yeux. Sans doute avec un téléphone de guerre.

Lucas se met debout, m'embrasse sur le front, et les hommes s'en vont. J'aide Colette à débarrasser la table avant de m'éclipser. Il m'arrive parfois d'aller prendre l'air sur la terrasse sur le toit, le *rooftop* ; rien de suspect, donc, aux yeux de Colette, à ce que je gravisse l'escalier extérieur en colimaçon. De là-haut, on peut contempler la baie de Pornichet et le port de plaisance où, paraît-il, les Royer ont des parts dans tous les commerces, bars, restaurants ou magasins pour bateaux. Un empire qui me donne le vertige tandis que je grimpe discrètement au troisième étage. Est-ce que je vais vraiment détruire cette *success story* qui fait la gloire de la presqu'île ?

Je ne peux plus reculer, c'est le moment ou jamais. Colette est affairée en bas, j'ai, facile, vingt minutes devant moi avant qu'elle s'inquiète de mon absence.

Je prends un grand bol d'air, ferme la porte et redescends à pas de velours au deuxième étage. Aucun bruit ne monte de l'escalier de pierre. Silence flippant. Je pousse la porte de l'appartement de Lucien, je me rends compte que ce n'est que la seconde fois, ce qui me fait encore plus flipper ; je ne connais pas les lieux. Où a-t-il caché son téléphone de guerre ?

Le couloir central aux murs blancs dessert quatre pièces. J'ouvre la porte située à gauche, côté jardin, quand mon portable se met soudain à sonner – un riff de guitare électrique que j'ai enregistré dans ma chambre. Je manque de faire tomber l'appareil, la panique au bout des doigts, refuse l'appel de Mammig. Ouf. Dans la foulée, les jambes chancelantes, je passe en mode avion.

« Klervi, me dis-je, ça va aller, il n'y a personne, et si tu ne trouves rien, ce n'est pas grave, tu reviendras. »

J'évite de penser à l'appel de Villanelle, j'imagine toujours qu'elle va m'annoncer que Jez est sorti du coma et qu'il veut me parler. J'ouvre un à un portes de placards et tiroirs de la cuisine équipée qui semble sortie d'un catalogue de luxe. Pas une tache de graisse, je vois mon reflet partout, c'est horrible, j'ai l'impression d'être filmée. Je reviens près de la porte d'entrée, tends l'oreille. Rien. Je repasse par la cuisine, regarde sous la table en bois – qui n'a pas vu ça dans un film ? – sous les chaises, dans la poubelle. Rien. Je passe dans le salon, à côté d'une verrière type « atelier », coincée entre deux murs recouverts de livres. Des beaux livres sur la mer, la pêche sous-marine, le monde à pied, en train, en montgolfière, des livres de collection, et surtout des recueils de poésie… Rangés par ordre alphabétique. Comme dans une librairie. Si le téléphone est là, il est très bien caché. Si seulement Marion pouvait appeler maintenant et réveiller le portable clandestin !

Bon, ça ne doit pas être dans le salon. Je franchis une nouvelle porte, me retrouve dans le couloir, puis dans la chambre. Je me sers de la lampe de mon smartphone pour éclairer le dessous du lit, lève le matelas. Toujours rien. Je commence à transpirer, à paniquer. Je vais me faire prendre en flag, par Lucien qui aura oublié quelque chose, ou par Colette qui aura deviné mon petit jeu, ou par le quatuor au complet qui va me jeter à la mer depuis le *rooftop*. Stop ! Ça me rend folle de chercher !

Il me reste cinq minutes avant le délai que je me suis fixé. Je lève les yeux vers le plafond. Il y a un miroir au-dessus du lit de Lucien, dans lequel je me vois toute petite, totalement écrasée. Je fais glisser une large porte noire qui ouvre sur un dressing parfaitement rangé : vêtements sport, chic, pluie, golf. C'est vrai qu'il porte beau, Lucien, même s'il file vers les 50 printemps, cinq de plus que son frère Paul. Toujours « impeccable », comme le fait remarquer Colette lorsqu'elle lui enlève, mère poule, le poil du chat qui fait tache sur sa chemise ou son polo.

Golf.

Le sac de clubs ! Je n'y joue pas, mais j'ai plusieurs fois accompagné Lucas et son oncle au golf de la Baule, situé au cœur du parc naturel de Brière. Un écrin de luxe, le calme à portée de greens…

Je soulève le sac, le pose sur le lit, enlève les clubs un à un. Rien au fond. Je désespère. Je remets les clubs dans le sac chariot, ouvre une poche sous laquelle se dessine un objet rectangulaire. Je le tire de l'ombre et n'en crois pas mes yeux : c'est un téléphone ! Pas à clapet, non, c'est un smartphone à l'écran verrouillé – en tout cas, ça y ressemble, sauf que c'est aussi petit qu'une boîte d'allumettes ! Qu'est-ce que c'est que ce truc ? J'ai l'impression d'être dans la mauvaise pièce, le mauvais sac, le mauvais moment, bref d'avoir tout faux. Qu'importe, je dois aller jusqu'au bout, en reprenant mon souffle et sans trembler.

Je me remémore la procédure qui permet d'obtenir le numéro : 1) je clique sur le bouton « Urgence » situé sous le panneau de saisie du code de sécurité, 2) je tape *#5005*74663#, puis je valide à l'aide de la touche d'appel.

Rien.

C'est quoi ce plan ?

J'essaie une nouvelle fois, rien. *Nada*. Je réfléchis deux secondes tout en m'approchant de la porte-fenêtre qui donne sur une terrasse au plancher de bois précieux, accessible aussi depuis l'extérieur. C'est souvent par là que Lucien entre et sort de chez lui, probablement pour ne pas susciter la curiosité de sa daronne. Il a forcément un autre téléphone – un *normal*. Deux pièces manquent à l'appel : salle de bains et toilettes.

Je me retrouve face au cabinet, noir, et à une armoire assez large pour que j'y entre facilement de pied en cap. Je fais coulisser la porte qui laisse apparaître cinq piles de rouleaux de papier toilette. Au pied de chaque pile, un post-it de couleur différente où est écrit… J'hallucine ! Cinq prénoms féminins, dont celui de Marion ! Tous commençant par MAR. Marine. Marianne. Marjorie. Margot. Les rouleaux ne sont pas entamés, ils sont rangés à égale distance. Il est barge, le *sugar daddy*, complètement barge.

Mon cœur bat de plus en plus vite. Je viens de dépasser le temps imparti. À trop tirer sur la corde, je vais me faire choper par Colette. Tout en imaginant ce que je pourrais lui retourner comme argument imparable (ce qui ne me vient pas du tout à l'esprit), je suis mon intuition : si chaque pile est réservée à l'une de ses maîtresses, voyons ce qu'il y a derrière… Je commence par celle de Marine, un prénom qui ne me rappelle rien, mais c'est la pile sur laquelle il y a le moins de rouleaux. Cela signifie-t-il que c'est celle qui vient le plus souvent ? C'est glauque !

J'ôte le premier rouleau, casé en haut de la pile, le pose sur la lunette des toilettes. Puis le second, et ainsi de suite. Méthodiquement. Rien n'apparaît derrière la pile ni à l'intérieur des rouleaux. Je les remets à leur place, les ajuste au centimètre près. Au tour de la pile de Marianne. Rien. Je perds du temps, j'aurais dû suivre ma première intuition, le lien évident entre civelles, quotas, ministère… Marion. J'ôte le premier rouleau, puis le second. Un objet s'accroche et tombe sur l'étagère. Yes ! C'est un téléphone à clapet !

Je rassemble mes esprits, je dois faire vite. Je suis de nouveau le protocole pour connaître le numéro, j'attends, hop, ce dernier s'affiche direct. Je sors mon portable, prends une photo du 07, pas le temps de le mémoriser maintenant.

Parce que, maintenant, il faut que je sorte. Je n'ai toujours pas trouvé le prétexte lumineux à balancer au cas où je serais prise en flag. J'hésite entre l'escalier intérieur et celui qui relie la terrasse à une place de parking bétonnée dans le jardin. J'opte pour l'air frais, comme je suis sur le point d'étouffer. J'ouvre lentement la porte-fenêtre, bondis en voyant une boule de poils passer entre mes jambes, et laisse échapper un cri étouffé par ma main. La frayeur ! Merde ! Qu'est-ce que je dois faire ? Est-ce que je peux laisser la chatte de Colette entrer chez Lucien ? Je décide de déguerpir. Après tout, si Minette est entrée, c'est qu'elle doit en avoir l'habitude, non ?

Je pose le pied sur le bitume, contourne la villa et me retrouve nez à nez avec Colette.

– Ah, tu es là…, souffle-t-elle. Je me demandais où tu étais passée.

Son regard me transperce.

– Tu n'as pas vu Minette ?

Je reprends ma respiration, essaie de garder bonne figure.

– Non, je mens, tout en empêchant mes mains de trembler.

– Tu as froid ? Où étais-tu ?

– Je marchais un peu, je réfléchissais…

– Au mariage ?

Il y a dix secondes, j'ai failli mourir d'une crise cardiaque, voilà mon cœur une nouvelle fois soulevé. Oui, le mariage. Maintenant que Lucas a fait sa demande, il faut officialiser les fiançailles, trouver une date pour le grand jour. Comment dire à Colette que tous ces rêves, la grande fête, le haras, la grosse baraque avec piscine, la maison rien que pour les copains… tout ça n'existe plus ? Sans pour autant lui dire pourquoi.

Colette me pose les mains sur les épaules. Son regard m'électrise, comme toujours. Je sens que je vais devenir folle, les jours et semaines à venir, à devoir mentir, invente, improviser… sans arrêt.

– Ma chérie, reprend-elle sans ciller, j'aurais bien aimé que Lucien ait des enfants, que Paul ne divorce pas, mais la vie est ainsi faite. Aujourd'hui, tout repose sur Lucas, et tu sais combien il est attaché à toi.

– Et à toi, j'ajoute.

– Oh, évidemment. Tu peux prendre ton temps, mais…

– Pas sans Jez, je l'interromps.

L'argument est imparable, il est sorti de ma bouche sans prévenir.

– Ton frère va revenir à la vie, c'est écrit, déclare-t-elle.

C'est écrit. Ce n'est pas la première fois qu'elle utilise cette formule, et chaque fois la suite lui a donné raison. Des marins qui ne se sont pas noyés, Zelly qui a épargné la pointe de Pen Bron. J'ai toujours pensé que Colette était un peu sorcière sur les bords. Mais, cette fois-ci, je peine à la croire. Est-ce que Jez va sortir du coma ? Et si oui, dans quel état ? Personne n'en sait rien.

– Je comprends, dit-elle, que tu sois secouée par tout ce qui t'arrive, mais nous serons toujours là pour t'aider. Tu es ici chez toi, tu le sais, Klervi, n'est-ce pas ?

Il faut que je change de conversation, sinon je vais me mettre à pleurer. M'affaler comme une crêpe. Vomir le malaise qui me noue l'estomac.

Le regard de Colette passe deux fois de mon visage à l'escalier en colimaçon qui conduit à l'appartement de son fils. Comme si elle estimait la probabilité que j'en descende ou celle du chat siamois d'y être monté.

– Tu n'as vraiment pas vu Minette ? Mais où est-elle passée, nom d'un chien ?

Je profite qu'elle me tourne le dos pour lui lancer : « À tout à l'heure », traverse le jardin et m'écroule de toute ma longueur sur le lit de Lucas.

Je remets mon portable en service, les notifications s'enfilent sur un collier de perles sonores, mais, comme tous les jours depuis l'accident, je me refuse à regarder les réseaux sociaux. Pas la tête à ça, aimer des trucs qui me paraissent futiles, la vie des autres… D'abord m'occuper de la mienne, en vrai !

Nolween m'a laissé un message. « Il faut qu'on se voie pour la manif de samedi. Oui, c'est confirmé pour samedi. Un truc de ouf ! On n'en parle pas au tél, on se retrouve au village, après le lycée, OK ? »

Je regarde mon portable, inspire, fais apparaître la dernière photo, visualise les huit chiffres qui commencent par 07 et supprime. Pas de gaffe, Klervi, toi qui les collectionnes. Ouverture de « Contacts », message à Marcel. Je dois juste lui fixer un rendez-vous, comme prévu, lui proposer une date, une heure, une ville ou un village. Surtout communiquer le moins possible :

lundi, 11 heures, Guérande

Envoi.

Mon cœur bat à tout rompre contre mes côtes, mon cerveau est en ébullition. Je suis allongée sur le lit de mon futur mari, c'est clair je dois dire « oui », pas trop tarder à en parler à Mammig, peut-être lui faire la surprise, Lucas à mon bras, la bague de fiançailles au doigt, écrire à mon père… Ça le fera peut-être revenir plus vite. C'est fou, quand même, qu'on n'ait pas encore reçu de ses nouvelles. J'espère qu'il ne lui est rien arrivé de grave, mais non, ce n'est pas possible, il ne manquerait plus que ça !

L'odeur de Lucas imprègne sa couette. J'attends que Marceau réponde. C'est sûr, je suis dans de beaux draps.

CHAPITRE 12

AVEC OU CONTRE NOUS ?

Nolween a les bras écartés, elle tente de garder l'équilibre, glisse tout en riant jaune puis aux éclats. Les autres la chambrent, elle n'a jamais réussi à faire plus de deux mètres sans tomber du skate. Le noroit, le vent froid et humide du nord, agite les branches qui entourent le skate-park. Ambiance un rien lugubre alors que le jour se défile. « Ceux de Pénestin », comme diraient « ceux de Camoël » ou « ceux d'Assérac », du nom de nos plus proches villages, ont pour habitude de se retrouver ici, loin du centre-bourg, des yeux et des oreilles des adultes.

La nuit tombe en moins de temps qu'il ne faut pour que le jour s'éclipse. Nolween prend le skate dans ses bras, se plante devant nous, légèrement éclairée par la lumière blanchâtre du lampadaire. Elle évoque le jour J, après-après-demain, samedi. Ça va bouger dès 6 heures du matin. Il arrivera du monde de partout, Rennes, Nantes, Paris, Bordeaux… L'info circule sur les réseaux avec les deux hashtags #MaréeVerte et #LaVieDeJezCompte. Le lieu de la manif sera communiqué au dernier moment, comme du temps de nos parents quand ils partaient en *free-parties* – elle fait référence à ses parents, pas aux miens, ou alors ils ont bien gardé le secret !

J'observe du coin de l'œil Louise, lovée dans les bras de David, et Mehdi qui fixe Nolween, l'air de s'y voir déjà, à la manif, le poing haut et le slogan rageur.

Je reprends le fil du monologue de Nolween.

– On va s'habiller en trois couleurs : bleu comme l'océan, vert comme le parc naturel de Brière, blanc comme les marais salants. On fait comme ça ?

Le quatuor opine, un léger sourire au coin des lèvres. La fièvre monte dans les esprits.

J'ajoute :

– Et pour le Zellython, on en est où ?

Nolween hausse les épaules :

– Là, c'est plus compliqué. Mais ne t'inquiète pas : j'ai mis Charles, le cousin de ta mère, sur le coup, pour tout ce qui est administratif, les autorisations, tout ça. On gère. Il faudra juste prendre la parole en direct pendant la manif, pour annoncer le Zellython. Klervi, on compte sur toi, pas vrai ?

Les Dupont & Dupond échangent un regard lourd de sous-entendus.

– Quoi ? je leur demande, sur un ton plus agressif que je ne le voudrais.

Je suis là pour la manif, bien sûr, ça me tient à cœur. Mais je n'oublie pas ce qui nous a menés à cette situation. La destruction du vivier. La vengeance appelle toujours la vengeance, surtout lorsque les secrets sont mal gardés.

– Je peux te poser une question, Klervi ? m'interroge David.

– Je t'écoute…, lâche Mehdi en prenant une voix aiguë censée imiter la mienne.

– Tu peux m'expliquer à quoi tu joues, là ?

Je fronce les sourcils. À quoi fait-il allusion ?

– Pourquoi tu veux participer à la manif ? T'es plus un boulet qu'une aide, la jumelle ! Désolé de te le dire, mais on n'a pas besoin de toi pour grimper sur les remparts…

– Euh…, intervient Nolween, c'est moi qui organise cette manif, donc c'est plutôt à moi de décider. Et je te rappelle qu'on fait tout ça pour Jez et Torka. Ça suffit à expliquer pourquoi Klervi est là, non ?

– Et, à bien y réfléchir, nous non plus on n'a pas besoin de vous, j'enchaîne. Restez chez vous, ça nous fera des vacances, pas vrai, No ?

Je sais, c'est idiot d'entrer dans leur jeu. Mais je sais aussi que Nolween sera toujours là pour moi, elle l'a toujours été, surtout depuis que le malheur est venu frapper à la porte de *Ty Davarn*.

David s'approche de moi, un air de défi sur le visage.

– Tu fais ce que tu veux, mais nous, on y sera, à cette manif. Tu sais ce qu'il disait, ton frère, ces derniers temps ? « Qu'elle aille se faire voir avec ses rêves de midinette, sa Ford Mustang et ses bracos de malheur… » Eh ouais, Klervi, c'est nous qui serons là pour Jez. Tu as entendu parler de la destruction du vivier de civelles ? C'est ton frère qui l'a fait. Et ce qui lui arrive, c'est un règlement de comptes. Rien d'autre. Donc, ton petit copain et les autres, ils vont le payer…

– … cher, conclut Mehdi.

C'est ton frère qui l'a fait. Je dois rester calme, malgré les paroles de David qui me plient en deux comme un coup à l'estomac. Jez n'aurait jamais fait ça. Jamais dit ça ! Je réfrène la colère qui me gagne.

– C'est pour quand, le mariage ? ajoute Louise, ce qui fait exploser de rire les deux autres.

– Stop ! hurle Nolween. Klervi n'est pour rien dans cette histoire. Et, de toute façon, vous n'avez rien compris ! Si elle a décidé de participer à la manif, c'est justement pour montrer qu'elle est de notre côté. L'accident, ça lui a fait prendre conscience que la nature est à la fois fragile et cruelle, que la mer nous rend tous les coups qu'elle prend, œil pour œil…

– … dent pour dent, termine David avec un sourire narquois.

– C'est elle qui va mettre le paquet pour dénoncer les marées vertes, les pesticides, le malheur qui s'abat chez nous. Ne gâchez pas tout, les mecs ! Vous croyez vraiment que vous allez tout régler en nous montant les uns contre les autres ? La destruction du vivier, ça ne vous suffit pas ?

Un ange passe sur le parc à roulettes. La nuit a totalement enveloppé le faubourg de Pénestin et mon esprit.

Ton petit copain et les autres, ils vont le payer… cher.

C'est quoi, leur projet ?

– Et s'il s'avère que Lucas est vraiment pour quelque chose dans ce qui s'est passé sur la plage, Klervi ne le laissera pas s'en sortir comme ça, conclut Nolween. Pas vrai ?

Les regards se braquent sur moi, je sens comme une vague bizarre qui ramollit mon visage : une vague de honte. L'impression d'être une vipère, sournoise et toxique, qui ment à tout bout de champ, à tout le monde. Je suis seule contre tous. L'unique branche que j'aperçois pour me sauver de la noyade, c'est celle tendue par Marceau.

Si Tatig était là, il me dirait de répondre à cette question par une autre.

– Mehdi, je l'interpelle sans la moindre animosité. Ton oncle, il fabrique toujours des bâches ?

Il opine, fronce les sourcils.

– Ne change pas de conversation, dit David. Klervi, tu es avec ou contre nous ?

– Avec vous, je réponds.

– Donc, tu es prête à rejoindre le FLOU ?

– David, arrête, s'écrie Nolween. On est venus pour parler de la manif, là ! Est-ce que je dois vous rappeler qu'on a encore plein de trucs à organiser d'ici samedi ?

Un ange repasse. Le temps est suspendu aux fines lèvres de David, qui finit par acquiescer. Je leur demande de s'approcher, à lui, Mehdi et Louise.

– Si Jez sort du coma, vous me promettez d'arrêter avec vos histoires de vengeance ?

– Et s'il meurt, tu nous promets de nous donner des infos sur les Royer pour qu'on sache quand et où taper ? rétorque David.

– Jez vivra, c'est écrit, j'affirme sans ciller, remerciant secrètement Colette de m'avoir donné la force de l'affirmer.

Je prends le bras de Nolween, leur tourne le dos. J'ai soudain mal à la tête.

Dois-je avouer à mes agents traitants que je connais les membres du FLOU ? Dois-je leur parler de leurs projets de vengeance ? Pour protéger qui ? Eux ? Lucas ? Moi ? Et, d'ailleurs, quels sont-ils, ces projets de vengeance ? Péter un vivier pour relâcher des civelles dans la nature, c'est une chose, mais…

J'attends d'être assez loin du groupe pour lâcher ce que j'ai sur le cœur :

– No, ils sont sérieux avec leur Front à deux balles, là ?

– Si Jez meurt, c'est sûr, ils vont se faire une belle uchronie…

– Style ?

– Écrire une sale histoire à l'encre rouge, un truc qui ne serait jamais arrivé si le quad de Lucas n'avait pas croisé ton cheval… sur notre plage.

CHAPITRE 13

#MARÉEVERTE

Je suis dans la voiture d'un pote de Nolween, Tilio, étudiant à Sciences Po venu spécialement de Rennes. Le jour tarde à se lever. Moi, je n'ai eu aucun mal, car je n'ai pas fermé l'œil de la nuit.

La voiture est à l'arrêt : nous avons fini les derniers préparatifs avant de nous y réfugier. Il sera bientôt 6 heures.

La radio diffuse un morceau du rappeur breton Krismenn, *Lapoused Torret* : *Des oiseaux cassés*. Un truc que j'ai commencé à écouter pour apprendre un peu le breton, contrairement à Nolween qui, elle, l'a appris dès le plus jeune âge en fréquentant une école *Diwan*, où l'on parle la langue celte du matin jusqu'au soir. J'avais retenu par cœur ce passage que je chantonne, recroquevillée sur mon siège :

Klask a raimp derc'hen soñj,
Derc'hen krog e-barzh,
Derc'hen da vont,
Nous essaierons de nous souvenir,
De tenir bon et de continuer,
Se souvenir, continuer.

C'est à cette époque-là, d'ailleurs, que j'ai découvert qu'en breton le verbe « avoir » n'existe pas : on dit « Les clés sont avec moi », et non « J'ai les clés ». Comme l'a souligné le musicien Yann Tiersen, que ma mère adore : « Ça en dit long sur le rapport au monde et à l'existence. »

Nolween est hyper excitée. Moi, je suis épuisée et perturbée par les regards gênés que Tilio me lance régulièrement dans le rétroviseur. Évidemment, ma copine lui a raconté qui je suis. La pauvre sœur éplorée. Celle qui, en plus, a perdu son cheval.

Je finis par m'endormir et me réveille en sursaut. Nolween me regarde avec un sourire d'ange.

– Viens, me dit-elle, ça commence, et c'est juste énorme !

Je sors de la caisse de Tilio, attrape la main que m'offre ma voisine, et nous voilà tous les trois, un rayon de soleil naissant dans le dos, face à la porte Saint-Michel, celle qu'il faut prendre d'assaut en premier pour espérer tenir la cité médiévale de Guérande. La porte Saint-Michel, c'est une espèce de petit château de vingt mètres de haut sur autant de large, formé de deux tours rondes aux toits pointus qui encadrent un passage voûté. C'est massif, indestructible, mais aujourd'hui la cité va craquer. Pas sous la violence, comme autrefois, du temps des comtes, ducs et rois, mais sous la pression médiatique orchestrée par Nolween grâce au réseau breton qui fourmille à Paris, avec l'aide du cousin Charles, bien entendu.

Car nous ne sommes pas seuls, loin de là : déjà une bonne centaine de personnes se dirigent vers la large bâche qui barre la porte. Plus je m'approche, plus les frissons roulent sur ma peau. Je serre la main de Nolween. L'émotion et la rage font rougir mes lobes d'oreilles lorsque mes yeux se posent sur la bâche. Y est imprimée une photo de Jez en train d'embrasser mon Torka, une grimace en travers de la bouche à l'intention de la photographe, qui n'était autre que moi.

Il y a déjà du monde, c'est fou ! Et pas que des jeunes. Des médecins et des soignants en blouse blanche, des agriculteurs en salopette bleue ou verte, des pêcheurs en ciré blanc et des pompiers probablement venus pour témoigner leur solidarité avec l'ancien patron pêcheur devenu soldat du feu en Amazonie, Paskal Marzan. Il y a aussi des gamins, des grands-parents... tous habillés de bleu, blanc ou vert, et armés de slogans furieux contre les marées vertes. Et les pollueurs.

Il est bientôt 7 heures, la cité médiévale s'éveille au son des pas qui battent le pavé et se dirigent vers les quatre portes qui relient les remparts. Nolwenn ne s'est pas trompée : le message est passé via les réseaux sociaux, le lieu du rendez-vous, donné à la dernière minute, n'a été manqué par personne.

Sous la photo, un carré de dix mètres de côté, trois hashtags écrits blanc sur noir :

#MaréeVerte, #LaVieDeJezCompte, #Zellython

On suit le mouvement de la foule jusqu'à se retrouver au milieu de la rue Saint-Michel, face à la librairie qui a ouvert ses portes et offre le café à ceux qui le souhaitent.

Je sors mon portable. Sur les réseaux flotte partout le #MaréeVerte. Des centaines de photos, de vidéos de gens qui affichent un vêtement ou un accessoire vert – bonnet, gilet, casquette ou même brouette ! Des trois couleurs, le vert est celle que la plupart ont choisie. Je reconnais les trois autres portes de Guérande, elles aussi flanquées de bâches géantes où l'on voit Jez faire le pitre. Nolween ne m'a pas mise dans la confidence de tout. Elle sort un petit talkie-walkie, y prononce quelques mots en breton, et m'adresse un grand sourire :

– *Bech'd'ar fest!* Que la fête commence !

Elle reprend ma main, m'entraîne sous une porte, on monte un vieil escalier à vis et se retrouve à plus de dix mètres de haut, sur les remparts. Depuis le chemin de ronde, long de plus d'un kilomètre, nous dominons les toits. Soudain, un bruit de canon fait vibrer la pierre sous mes pieds. Deux secondes après, une boule de feu explose au-dessus de nos têtes. Marbré de nuages noirs, le ciel s'illumine de mille étoiles argentées.

Un feu d'artifice. Nolween ne pouvait pas me faire plus plaisir : le dernier feu, on l'a tiré depuis *notre* plage, celle du Palandrin, après une nuit à danser comme des fous sur un long set de Jez aux platines. C'était le dernier *fest-noz* techno avant la rentrée de septembre, avant…

Elle me montre du doigt un groupe de véhicules, dont certains sont pourvus d'une parabole, parqués devant l'office de tourisme situé à l'extérieur des remparts. Je reconnais les mêmes camionnettes qui m'avaient suivie lorsque je suis sortie de l'hôpital. Les journalistes sont là, et mon amie leur a prévu du spectacle.

– Alors ? me souffle-t-elle.

Elle regarde avec de grands yeux, tout aussi émerveillée que moi, le feu d'artifice qui réveille la cité endormie, filmé en direct par tous ceux qui sont venus s'opposer aux marées vertes, ou ceux qui viennent d'être réveillés en pétard. Tandis que le ciel tourne à l'orage pyrotechnique, Nolween me pousse vers l'escalier. On retourne dans la rue Saint-Michel, à présent gavée de monde.

– Étape suivante ! déclare-t-elle.

– Le feu d'artifice, c'est pas le clou du spectacle ?

– Tu rigoles ! me lance Nolween avant de se remettre à parler dans le talkie-walkie.

En une poignée de secondes, une vingtaine d'individus viennent se positionner devant la porte, à l'extérieur des remparts. Ils attrapent des poutres, planches, marteaux, visseuses électriques, clous, et construisent rapidement un cadre de plusieurs mètres de haut. Je ne comprends pas tout de suite à quoi ça sert, me tourne vers Nolween qui continue à parler dans son objet noir.

– Qu'est-ce qu'ils font ?

– On se barricade. *Bardell*, en breton. Cool, hein ?

– Et les autres portes ? je demande, paniquée.

– Toutes barrées ! Dans cinq minutes, on va pouvoir passer aux choses sérieuses.

– Quoi ? Et les flics, vous y avez pensé ?

Nolween sourit.

– T'inquiète, c'est juste symbolique. On peut se faufiler à travers les barricades. L'idée, c'est juste de rappeler qu'au-delà des marées vertes, c'est la survie de la presqu'île qui est en jeu. Avec le réchauffement climatique, les marais vont être engloutis, tout le littoral sera les pieds dans l'eau. On sera, pour ainsi dire, barricadés par les flots. Puis ce sera le tour de Guérande, de nos villages. On ne le verra peut-être pas, mais la génération d'après, elle, fera partie des exilés climatiques, chassés par la connerie humaine. Tu as envie d'aller vivre ailleurs, toi ? Pas moi !

Partir, vivre ailleurs, main dans la main avec Lucas, oui… C'est mon petit secret, pas question d'en parler à Nolween…

Le talkie-walkie grésille. Mon amie parle rapidement en breton à un interlocuteur.

– Tu es toujours OK pour prendre la parole ?

– Tout ce que tu voudras.

Je n'en mène pas large, j'ai soudain le trac. Mais si je me défile, la manif va tomber à l'eau.

– Viens, on remonte sur les remparts.

Trois détonations dans le ciel signent la fin du feu d'artifice, suivies d'acclamations qui montent de la ville. Depuis le chemin de ronde, et alors qu'un rayon de soleil rase les toits, je vois en contrebas les journalistes, flanqués de micros et de caméras, qui nous interpellent. Ils s'impatientent. Des gyrophares de voitures de police se reflètent dans les vitres des maisons environnantes. Ce qui me fait penser… Mes agents traitants sont-ils dans les parages ? Que penseront-ils de ce que je suis sur le point de faire ? Et aussi, pourquoi Marceau n'a-t-il pas encore répondu à la demande du premier rendez-vous ?

Nolween me tend alors un micro, relié à une enceinte portative, et d'un geste du menton elle m'indique que c'est à moi de jouer.

– T'es prête ? Fais-moi juste un signe avant de parler du Zellython, d'accord ?

Je prends le micro. J'ai préparé mon intervention, bien sûr, mais, inspirée par ce que Nolween vient de me dire, je décide finalement d'improviser…

– Les portes de Guérande sont fermées, dis-je d'une voix la plus assurée possible, comme du temps où l'on devait laisser la peste dehors. La menace est bien réelle aujourd'hui aussi : bientôt, la mer aura tout détruit et sera au pied de la cité médiévale. Ce sera le dernier siège, celui réalisé par la nature furieuse. Depuis un mois, je suis en première ligne, témoin du changement climatique qui nous emportera : d'abord la tempête Zelly, puis l'accident dans la baie.

Je serre le micro, observe la photo géante de Torka et de Jez, et inspire un grand coup.

– Ma mère a porté plainte contre la France pour inaction sanitaire et climatique, il y a quelques jours. Mon frère est entre la vie et la mort. Mon cheval est mort, asphyxié par un poison qui a envahi notre Bretagne. Je ne vais pas attendre des mois, peut-être des années, pour que la justice nous dise qui est coupable. Le mal est fait, et ce n'est pas la première fois. Avant l'accident, mon frère souffrait d'éco-anxiété, une maladie qui n'existait pas dans le monde d'avant, quand on fermait les yeux sur la destruction de la nature. Sur la pollution.

Je reprends mon souffle, essaie de faire taire en moi la culpabilité que je ressens à tenir devant tous ce discours sur la destruction de l'environnement, moi qui suis impliquée dans un trafic d'espèce protégée…

– Ici, dans la presqu'île, nous avons été frappés de plein fouet par la tempête. Zelly a jeté des tonnes d'algues vertes sur les plages, comme si elle vomissait toute la pollution qu'on déverse dans les champs, les rivières, la Vilaine ou la Loire. Si on continue, que va-t-il se passer ? Il y a un dicton, dans la région, qui dit : « En mer, le plus grand danger, c'est la terre. » Rendons notre terre à nouveau vivable.

Je tremble comme une feuille, mais n'oublie pas d'adresser un signe à Nolween avant de conclure :

– Nous devons aider les milliers de familles qui ont été touchées par la tempête. Nous allons donc organiser un Zellython. N'hésitez pas à être aussi généreux que la terre qui nous nourrit.

De nouvelles acclamations s'élèvent de la cité. Des frissons me parcourent de la tête aux pieds.

Nolween m'étreint, puis elle pose un index sur sa bouche et pointe l'autre vers la foule.

Des petits papiers verts passent de main en main. Un paquet arrive jusqu'à nous. Je saisis un prospectus, pas plus grand que ma paume, et passe le tas à ma voisine. Un drone survole les camionnettes des journalistes et largue d'autres prospectus.

Sur du papier vert recyclé figurent les trois hashtags du jour et le mode d'emploi pour faire un don au Zellython. Comment Nolween s'y est-elle prise pour organiser tout ça ?

Mon portable vibre dans la poche arrière de mon jean. J'ai reçu plein de messages, de notifications.

Un texto de Lucas :

Tu m'as fait pleurer. Je t'aime.

Un autre texto qui me fait sursauter et balayer la foule des yeux, comme si l'expéditeur m'espionnait quelque part, caché derrière une fenêtre médiévale, sur un toit. « Marcel ».

Lundi, même heure mais pas Guérande, trop de monde 😉
McDo Trignac ZC Grand Large.
Apporte les livres que tu nous vendras.

CHAPITRE 14

BARRAGE

Après les émotions du week-end, je me suis endormie comme une masse avant 22 heures. Mais un bruit de pas, pourtant très discret, me réveille. Je soulève délicatement une paupière. Lucas.

Je brise le silence d'une voix mielleuse.

– Où vas-tu ?

Il est minuit. L'heure du crime, me dis-je. Tout tourne comme ça, désormais, dans mon cerveau. À croire qu'il a été reprogrammé pour penser autrement. Pour voir le mal partout afin de me protéger. Aux yeux des gendarmes, Lucas part commettre un crime contre l'environnement. Et il y va seul, bien sûr : il ne veut pas m'y associer, pas directement en tout cas. Je ferais pareil à sa place, sauf que là…

– Je vais rejoindre Alexandre, dit-il.

Alexandre. Le père de Clovis.

– On a rendez-vous au barrage d'Arzal. C'est la grande marée, les pêcheurs ont trois nuits pour remplir les épuisettes. Allez, rendors-toi, murmure-t-il en déposant un baiser sur le bout de mon nez.

– Pas question, j'affirme en repoussant la couette avec mes pieds. Je n'arrive pas à dormir, de toute façon. Je viens avec toi.

Il sourit.

– À l'instant, je t'assure que tu dormais très bien ! Tu ronflais même un peu.

Je prends une moue vexée. N'empêche, il n'a vraiment pas l'air décidé à m'emmener.

– Il fait moche dehors, reste au chaud, ajoute-t-il.

Sans l'écouter, j'attrape mon jean. Lucas me regarde faire, une lueur amusée autant qu'agacée dans les yeux.

– Kler, il faut que tu te reposes. Tu vas au lycée demain, non ?

– Non, je n'irai pas au lycée avant janvier.

– Sérieux ? Ta mère est d'accord ?

Lucas enfile son pantalon kaki, range son portable dans sa poche. Je repense à l'autre téléphone, celui dont il se sert forcément pour communiquer en secret avec les bracos, son oncle, son père et avec le Chinois de Paris.

Où cache-t-il son portable bis ? S'il m'oblige à rester ici, j'aurai tout le temps de fouiller. Cette idée me file soudain la chair de poule. Livrer le numéro de mon Lucas aux gendarmes ? Je ne suis quand même pas prête à ça. Une fois qu'ils l'auront, ils enregistreront tout ce qu'il dira et amasseront les preuves de sa participation au… Stop, Klervi : reste focalisée sur la mission que tu viens de te fixer.

J'ignore la question de Lucas et demande franchement :

– Lucas, pourquoi tu ne veux pas que je vienne ?

Il ouvre la porte-fenêtre qui donne sur une terrasse en bois.

– Klervi, comprends-moi : ce n'est pas le moment. Tu sais que je te soutiens dans ce que tu traverses, mais trop d'attention sur nous, ce n'est pas bon…

– Tu parles de ce qui s'est passé hier à Guérande ?

Il referme la porte, laissant la fraîcheur de décembre à l'extérieur.

– Après l'accident, oui, ça fait beaucoup de lumière sur toi. Et ça… enfin, tu t'en doutes, quoi ! Ce n'est pas bon pour les affaires. Tu vois ce que je veux dire ?

– Je te rappelle que tout ce qui se passe, c'est la faute de Clovis, pas la mienne !

– Je ne te reproche rien, Klervi. Mais Clovis, depuis, il se fait discret.

Ça signifie qu'il ne veut plus du tout que je l'accompagne ? Impossible !

Je lui attrape les mains :

– Il faut que tu comprennes une chose, Lucas. En organisant cette manif et le Zellython, c'est justement *moi* qui prends la lumière, pas *toi*, pas *vous*. Au contraire, ça peut vous aider…

– Comment ça ?

– Qui va s'occuper de ramasser au plus vite les centaines de tonnes d'algues qui se décomposent sur les plages, qui peuvent tuer à tout moment ? J'ai compris pour l'appel d'offres, tu sais…

– Ce n'est pas encore sûr.

– Eh bien, justement ! Ça peut accélérer les choses ! Après ce qui s'est passé à la manif, je peux reprendre la parole, inciter l'État à se dépêcher de construire l'usine qui va traiter les algues. Et le lien entre toi et moi servira forcément aux Royer… Je suis avec toi, Lucas, tu l'as oublié ?

Lucas me sourit. Je sens qu'il baisse les armes.

– C'est la merde, tout ça, marmonne-t-il en s'asseyant lourdement sur son lit. Beaucoup de pression, et Clovis qui n'est plus là…

– Il faut que tu me fasses confiance. J'ai raison pour les algues, oui ou non ?

Il passe la main sur sa barbe de trois jours.

– C'est pas mal joué, en effet.

– Et ce n'est pas fini…, j'ajoute. Le Zellython aussi, c'est une aubaine pour vous.

– Euh… là, je ne te suis pas.

Je m'accroupis, pose les mains sur ses genoux.

– C'est quoi le plus gros problème ici, hormis les conséquences du réchauffement climatique, les tempêtes à répétition… ?

Il hausse les sourcils, ne voit toujours pas où je veux en venir.

– La surpêche ?

– La *civelle*, je chuchote, comme s'il fallait ne pas l'ébruiter. Oh, je sais, tu vas me dire que la pêche à la civelle existe depuis toujours, me parler de tradition… Mais c'est tout de même un problème, non ? Pourquoi tu prends tous ces risques ? Juste pour une poignée de fric, alors que vous êtes blindés de chez blindés ?

Je suis sidérée de ce que je suis en train de lui dire. À croire que tout ça m'a rendue folle. Seulement, je sais où je veux aboutir… et cette idée, même si elle est probablement tirée par les cheveux, me réconforte tellement ! Car ce serait la solution idéale à tous nos problèmes. À tous mes problèmes.

– Les marées vertes, ce sont vos ennemies à vous aussi. Évidemment ! Si on élimine les algues, toutes les algues, la flore et la faune reprendront des couleurs, bleu, vert, blanc, les plages seront nickel, les touristes au rendez-vous, et les civelles, heureuses comme jamais de surfer sur les grandes marées ! Pour les Marées de l'Atlantique, quelle meilleure perspective ?

Sur ces mots, j'enfile mon pantalon et mon pull à col roulé.

Lucas rouvre la porte-fenêtre et, avec un sourire, me fait signe de le précéder.

Nous sommes au bord de la Vilaine qui, à nos pieds, bute contre le barrage d'Arzal et forme un petit lac de deux ou trois cents mètres de large. Le barrage ressemble plus à un pont droit, qui relie les deux rives du fleuve breton, qu'à un barrage de montagne avec un mur de béton hyper impressionnant. Long d'environ cinq cents mètres, il est à la fois un pont et une écluse qui permet aux bateaux de rejoindre l'estuaire situé à une dizaine de kilomètres à l'ouest. C'est l'une des fiertés du pays, un bâtiment construit au nom du progrès.

Lorsque j'étais petite, on s'arrêtait souvent près du barrage quand on allait à La Roche-Bernard. Tatig stoppait la voiture et en profitait pour fumer une cigarette en nous expliquant comment les cinq portes, chacune aussi longue qu'un autobus, servent à écluser l'eau, à faire le niveau entre le grand lac et le « pied » de l'édifice. Il nous racontait que le plan d'eau, plus loin, fait la joie de centaines de plaisanciers qui lèvent les voiles à partir de là, et recèle un trésor bien caché : il a permis de créer, deux kilomètres encore plus loin, une usine d'eau potable qui alimente toute la presqu'île, et même la ville de Rennes. Je me souviens que ça m'ennuyait grave, le cours de géographie de notre père. Comme quoi, un jour ou l'autre, ça sert quand même… J'occulte la vision de Jez qui me faisait des grimaces, tout aussi ennuyé que moi, et me demande encore pourquoi mon soldat du feu n'a pas donné signe de vie. On a été habitués à ses longues absences, du temps où il partait des semaines pêcher au grand large, mais là, ça commence à m'inquiéter. Pourvu qu'il ne lui soit rien arrivé.

En descendant du fourgon, je suis d'abord frappée par le bruit d'une vingtaine de moteurs flottant sur la Vilaine, des petits bateaux à peine éclairés par les lampadaires qui illuminent le barrage d'Arzal. Étrange spectacle sous un ciel noir.

Les pêcheurs qui sont là agissent en toute légalité. Enfin, presque : une partie des civelles sera vendue « officiellement », le reste finira dans un vivier clandestin.

Au fond du chemin qui nous a conduits sur la rive gauche, deux fourgons des Marées de l'Atlantique sont garés côte à côte sur un terre-plein en ciment. Un quai de fortune, à l'abri des regards. Il y a aussi deux 4×4 plateau et une fourgonnette noire. Dois-je me rapprocher et enregistrer les plaques d'immatriculation ? Des bacs en plastique blanc, faiblement éclairés par une lampe blanche, attendent le butin des civelliers, des gros paquets d'alevins translucides, bien vivants et entremêlés. Les pêcheurs ne tardent pas : après s'être rapidement amarrés, ils sautent sur le quai, déversent des milliers de « spaghettis » dans les bacs avant de les peser sur une balance électronique.

Alexandre Petitjean nous rejoint. Je ne l'ai pas vu depuis l'accident. Il embrasse Lucas, lui chuchote deux mots à l'oreille. Mon amour opine tout en me jetant un coup d'œil. J'avoue, tout à coup j'ai la trouille. Le père de Clovis est un géant qui porte un ventre rond comme pour mieux y poser ses gros bras croisés. Pas loin de deux mètres de haut, cent cinquante kilos : il pourrait me balayer rien qu'en éternuant. Pour le compte des Marées de l'Atlantique, son rôle est de surveiller le « manège », comme ils disent, d'aider à la pesée, de soutenir moralement les civelliers, en offrant du café ou une tournée d'eau-de-vie, et de charger les civelles dans notre fourgon. Et le sien.

Une fois sa tâche accomplie, il avance d'un pas décidé vers moi. De nouveau, la panique me gagne. Ses joues rouges ne m'inspirent pas confiance.

– Klervi ? tonne-t-il de sa voix grave.

Je me force à respirer normalement, le nez dans mon col roulé. Les dix hommes qui se trouvent près de nous, dont la plupart soufflent sur un verre de café brûlant, s'arrêtent de parler. Lucas, lui, est occupé un peu plus loin. Je cherche son regard, mais il est trop pris par sa conversation avec un pêcheur, ses mains s'agitent dans tous les sens. Un vrai moulin sans paroles.

– Oui…

L'haleine du père de Clovis projette un mélange répugnant d'alcool et de tabac. Il me fixe un temps, baisse soudain les yeux.

– Désolé.

Il tourne aussitôt les talons. Je n'en reviens pas !

Désolé.

Je pousse un soupir de soulagement, rejoins l'héritier et je m'accroche à son bras pour bien montrer aux autres que je suis des leurs. Enfin, presque…

Nous observons quelque temps les bateaux qui suivent une même piste circulaire ou se croisent sur la Vilaine. Il faut imaginer, deux mètres sous l'eau, l'épuisette qui utilise la vitesse du bateau pour piéger des milliers d'alevins d'anguilles. Toutes les cinq minutes, elle se relève sous la lumière blanche et déverse les civelles dans les bacs.

Dès cette nuit, les premiers comptes seront faits. Un kilo, c'est un paquet de 2 500 à 3 000 civelles frétillantes, vendu 400 euros au sortir du bateau. Un bon prix. En moyenne, chaque civellier parviendra à fournir une vingtaine de kilos, soit un chèque signé par les Royer de 8 000 euros. Et les Royer revendront le même kilo à des restaurateurs français ou des clients espagnols, asiatiques… Combien ? Tout dépend de la quantité vendue, comme toujours dans le business. Mais, d'après ce que j'ai compris, la partie légale est vendue deux fois plus cher au détail. La partie illégale, elle… est plus mystérieuse. Je sais que le prix d'achat est plus faible, autour de 100 euros le kilo, mais tout se négocie, paquet de civelles par paquet de civelles. Quelle marge se font les Royer à la revente ? Cinq fois le prix ? Je l'ignore… pour le moment.

La nuit est aussi noire que le café qui fume au-dessus du réchaud de fortune. Je m'approche de l'eau, sombre et calme elle aussi, et des trois véhicules qui me sont inconnus. Je note dans un coin de ma mémoire les chiffres des plaques d'immatriculation.

Je lève la tête, le père de Clovis me dévisage, mais, de nouveau, il baisse aussitôt les yeux. Son « désolé » me reste en travers de la gorge. Désolé de quoi ? De ce que son fils a fait à mon frère ? Pense-t-il que Clovis a vraiment poursuivi Jez jusqu'à le laisser pour mort sur la plage ? Et puis… m'a-t-il vue en train d'observer les plaques d'immatriculation ?

CHAPITRE 15

MA PREMIÈRE LÉGENDE

Nous sommes rentrés à Pornichet vers 5 heures du matin, le fourgon rempli de 300 kilos de civelles. Alexandre, lui, est resté jusqu'au petit matin, attendant la suite de la « récolte » et estimant qu'on allait passer la barre des 500 kilos. Pêche miraculeuse, si j'en crois ce qui s'est dit autour des cafés qui ont réchauffé les langues. Cela faisait plus de deux ans que les pêcheurs n'avaient pas vu autant de civelles coincées contre le barrage. Un passage leur permet de rejoindre le plan d'eau, mais beaucoup n'y arrivent pas : depuis la mer des Sargasses où elles sont nées, c'est le premier obstacle qu'elles rencontrent sur leur chemin. Autrement dit, pour elles, c'est comme un piège. Mais certaines parviennent tout de même à filer vers le passage, à prendre cette espèce d'ascenseur pour aller se reproduire dans les zones humides et grandir dans les rivières.

J'ai cru que Lucas voudrait aller directement déposer les civelles dans le nouveau vivier clandestin, qui a remplacé celui des prés salés du Mès. D'un côté, ça m'aurait donné une nouvelle info à transmettre à mes agents traitants. De l'autre, je serais sans doute arrivée en retard à mon premier rendez-vous. Mais les civelles dormiront au frais dans le fourgon, cette nuit. Lucas les transportera plus tard.

Le taxi me dépose à cinquante mètres du fast-food situé dans la zone commerciale de Trignac, près de Saint-Nazaire. Je n'ai pas voulu prendre le bus, trop de risques de croiser quelqu'un. Et il pleut. Je serre contre moi trois livres que j'ai juste eu le temps d'attraper à *Ty Davarn* avant de repartir. Des gouttes fines sur ma peau, des notes de piano dans les oreilles, *Porz Goret* de Yann Tiersen, que je kiffe. C'est triste et pourtant ça me donne de l'élan. Sac et ressac d'une journée particulière… Aventure en zone dangereuse, où je dois rester invisible aux yeux de ceux qui me connaissent, même de vue. Je pense à Jez, toujours dans un état stationnaire mais qui n'empire pas. Il faut que je passe le voir tout à l'heure, que je lui confie tout ce qui me file cet horrible mal de terre.

Je traverse le parking d'un pas rapide, me prends le vent du nord en pleine face et sens comme du coton dans mes jambes. Une main m'arrête dans mon élan, je pousse un petit cri. La major m'adresse un sourire, rapidement rejointe par Marceau qui nous abrite sous un large parapluie.

– Tu as les livres ? me demande-t-elle.

– Oui.

– Tu as bien compris que c'était notre première légende ? Si tu croises une personne que tu connais, si un jour on te dit : « Tiens, je t'ai vue au McDo, qu'est-ce que tu fichais là-bas ? »…

– Qu'est-ce que tu diras ? l'interrompt Marceau.

– Vous m'en avez parlé l'autre jour, je réponds en tremblant à la fois de froid et de trouille. Je dirai que je suis venue vous donner des livres, c'est ça ?

– Nous les vendre, corrige-t-il. On a échangé sur un site, on est un couple qui vit à Montoir-de-Bretagne, c'est à côté d'ici, compris ?

J'opine et suis le mouvement du parapluie vers l'entrée du restaurant.

Pendant que la major prend la commande, Marceau me dévisage, ce qui me met particulièrement mal à l'aise. Puis il me parle de la pluie et du beau temps, tout en regardant les trois livres que j'ai posés sur la table. Il prend la bande dessinée *Algues vertes, l'histoire interdite*, écrite par la journaliste Inès Léraud, que nous avions offerte à mon père pour ses 50 ans.

– Bon choix. Combien ?

– Combien quoi ?

– À combien tu me le vends ? ajoute Marceau en souriant.

– Mais je dois vraiment vous les vendre ?

– Non, murmure-t-il, tu dois juste te préparer à répondre à n'importe quelle question…

– Ne pas te laisser surprendre, ajoute sa collègue en posant un plateau où deux cafés et un thé – le mien – laissent échapper de la « brume chaude », comme dit Jez.

Ils me font face, m'impressionnent. Leur raideur professionnelle me rappelle soudain à la sombre réalité. Je risque la prison.

– Tu voulais nous voir ? enchaîne Marceau.

J'ai tout préparé avant de venir, sans vraiment savoir si je m'y prenais comme il fallait. J'ai écrit le numéro de téléphone de Lucien sur un bout de papier, en inversant les chiffres, et l'ai glissé à la page 44 – numéro du département de la Loire-Atlantique – de la BD. C'est d'ailleurs la page où meurt un conducteur de camion chargé de collecter les algues vertes. Un hasard bien glauque.

– Page 44, dis-je en montrant le livre.

La major prend le marque-page improvisé, opine légèrement.

– C'est celui de Lucien, les chiffres inversés, je précise.

– Autre chose ?

Marceau regarde souvent une caméra située derrière moi – je l'ai vue en entrant et je me suis assise volontairement dos à la vidéosurveillance. À croire que je commence déjà à avoir des réflexes. Il suit discrètement du regard un couple d'une trentaine d'années qui passe près de notre table. J'ai l'impression qu'ils me matent d'un sale œil. Si ça continue comme ça, je vais finir totalement parano.

– J'ai aussi les plaques d'immatriculation des voitures qui étaient…

Je ne parviens pas à finir ma phrase, j'ai l'impression d'être une lèche-bottes, un peu comme Louise avec les profs du lycée.

– Relax, me dit la major. Tu te souviens pourquoi tu fais tout ça, pas vrai ?

J'acquiesce légèrement, mais impossible de dissimuler mon trouble.

– Et si tu as un souci, n'hésite pas à nous en parler, ajoute l'adjudant. On peut se voir aussi pour ça, pour que tu te sentes en sécurité. On est tes anges gardiens, n'oublie pas.

Il a levé les yeux vers moi, me fixe avec tranquillité, avec douceur. J'ai même l'impression de voir un soupçon de complicité. Est-ce que c'est son job, de rassurer les sources féminines ? En tout cas, c'est clairement le genre de mec qui ne laisse pas indifférent. Il prend soin de lui, ça se voit tout de suite. Est-ce un *sugar daddy*, comme Lucien ? Allez, Klervi, arrête de délirer : c'est surtout un mec qui t'a collée dans une sacrée impasse.

– Klervi, est-ce que tu te sens en sécurité ? m'interroge la major.

– Ça va, ça va, mais je n'aimerais pas rester là trop longtemps, j'avoue.

– Tu ne vas pas au lycée ?

– Non, pas pour l'instant.

– Il faut que tu fasses bien attention, ajoute-t-elle.

– On t'a vue à la télé, précise Marceau, sur les remparts de Guérande. Faut pas avoir le vertige !

La major le regarde froidement, son trait d'humour ne lui plaît pas.

Marceau reprend son sérieux :

– Donc, pour les plaques d'immatriculation ?

Je lui fais glisser le roman d'Ian McEwan, trouvé dans la chambre de Jez, *Une machine comme moi*. Sur une feuille blanche à petits carreaux, j'ai écrit les trois séries de chiffres et de lettres.

– Merci, Klervi, dit Victoire sur un ton plus décontracté. Tout ce que tu nous feras remonter servira à la bonne marche de l'enquête. Mais j'insiste : ne t'expose pas. Dans tous les sens du terme. Ne te mets pas en danger, et les manifestations…

– Quoi ? je l'interromps. Je n'avais pas le droit de manifester ?

J'ai l'impression de revivre la même scène qu'avec Lucas.

– Tu crois que ça va plaire aux Royer ?

– J'en ai parlé à Lucas, je lui ai expliqué que…

– Tu peux participer au mouvement, c'est tout à fait normal, me coupe Marceau. Qui ne le ferait pas à ta place ? Mais ce qu'on te demande, c'est de ne pas te mettre en première ligne.

– Pourquoi ?

– Pour sécuriser nos prochains rendez-vous. Combien de personnes sont entrées ici depuis qu'on s'est assis ?

La question me laisse pantoise.

– Je ne sais pas, quatre, cinq.

– Dix-huit.

– Combien t'ont dévisagée ?

– Un ou deux, dis-je en repensant au couple.

– Dix, annonce la major.

– Dans ce cas, il ne fallait pas me donner rendez-vous ici !

– On n'avait pas imaginé qu'en quelques jours tu allais devenir une célébrité.

– Qui vous dit qu'ils m'ont reconnue ? j'insiste. Ils m'ont peut-être juste regardée.

– Dans notre métier, on a l'habitude d'observer les réactions des gens, explique Victoire.

– Et de croiser les infos, ajoute Marceau. Donc, si tu peux te mettre un peu en retrait, ce serait mieux… pour tout le monde.

Je pense à Nolween. Dans le troisième livre, j'ai glissé un marque-page avec les prénoms des membres du FLOU, anciens et actuels. Est-ce que je les aide en faisant ça, ou est-ce que, au contraire, je les trahis ? Est-ce qu'ils risquent quelque chose pour la destruction du vivier clandestin ?

D'un mouvement brusque, je fais glisser le livre vers Marceau, qui sourcille :

– Une autre info, Klervi ?

– Non, non, pardon, je balbutie en reprenant rapidement le roman.

Je ne peux pas faire ça à mes amis d'enfance. Je ne peux pas faire ça à Jez.

Les gendarmes échangent un regard perplexe. Pourvu que Marceau n'insiste pas et ne reprenne pas le livre ! J'essaie de créer une diversion :

– Enfin, si… Lucien a parlé de la route de la soie.
– Qu'a-t-il dit exactement ?
– Il a dit à Lucas : « Les affaires reprennent. Tu n'oublies pas la route de la soie ? »
– C'est tout ?
– Oui, c'est tout.
Après un court silence, je bredouille :
– Désolée, il faut que j'y aille, maintenant.
Je reprends les trois livres, dois-je repartir avec ou ce sont les gendarmes qui les gardent ? Ils se lèvent, Marceau dit assez fort que les livres ne sont pas en bon état, dommage ! C'est la chute de la légende, la fin de ma première *fake story*.
Sur le parking, pas de main serrée ni de sourires réconfortants. Juste une dernière remarque, que me lance froidement la major :
– Sois très prudente, Klervi. Les Royer mènent aussi leur enquête, sur ceux qui ont détruit le vivier. Si tu veux nous joindre, tu suis la procédure…
– Comme aujourd'hui, souligne Marceau. C'était parfait, vraiment.
Je les regarde monter dans un Kangoo tout à fait passe-partout, hésite à leur parler de la piste des Rennais évoquée par Lucas, mais à quoi bon puisque ce n'est pas la vérité ? Mon petit bureau des légendes disparaît derrière un rideau de pluie. Les bras croisés, les yeux embués par une chape de solitude qui me fige soudain les jambes, j'en viens à imaginer que j'aimerais être à la place de Jez, bien au chaud, loin du fracas du monde.
C'est lorsque je tourne les talons, le visage battu par une rafale de vent, la goutte au nez, qu'un souvenir refait surface : Jez me tend une vieille montre ayant appartenu à

Clément de Kervegan, notre arrière-grand-père, planquée dans la falaise de la Mine d'or. Victoire ! Nous avons 10 ans, nous n'avons pas dit un seul mot durant la chasse au trésor, nous n'en avons pas besoin, un regard nous suffit. C'est ce qui nous distingue des autres cousins et cousines qui participent au jeu d'un dimanche d'été, celui qui signe la fin des grandes vacances.

Une chasse au trésor, bien sûr !

CHAPITRE 16

SAINTE FAMILLE

Happy birthday to you, happy birthday to you, Colette !

Samedi soir. La famille est au complet, à l'unisson pour célébrer les 76 ans de Colette Royer. Les deux fils, le petit-fils et sa « future » ne l'ont pas emmenée au restaurant, c'est le traiteur Fauchon, depuis Paris, qui est venu à *Ker Colette*. La villa a mis ses habits de fêtes de fin d'année. Anniversaire, Noël, jour de l'an se suivent de près.

La salle à manger est méconnaissable : habituellement plongée dans la pénombre, elle brille aujourd'hui de centaines de bougies, couverts en argent, guirlandes dorées et branchages enneigés accrochés au mur. Le sapin touche presque le plafond, mais rien à voir avec un arbre coupé pour l'occasion. Nous l'avons monté, Lucas et moi, avec des morceaux de palettes en bois, récupérés sur des cartons de champagne de luxe : 76 morceaux au bout desquels nous avons positionné une bougie.

Une coupe de champagne à la main, je contemple le sapin aux 152 bougies, et imagine que c'est peut-être la dernière fois que cette torsade illumine le cœur de Colette. Je ne peux pas m'empêcher d'y penser : chaque fois que s'ouvre le portail électrique, que je traverse le jardin, j'imagine que, dans quelques semaines, tout sera fermé. Plus de vie de famille, plus de rituels. J'en viens même à penser que si la grand-mère échappe à la prison, vu son âge, elle ne survivra pas à l'incarcération de ses fils.

Alors je ferme les yeux, inspire, les rouvre et me dis que je me dois de faire vraiment *la* chose à laquelle nul ne s'attend : dégoûter les Royer du trafic de civelles, les dérouter pour qu'ils changent de cap et qu'ainsi les preuves ne s'accumulent pas sur le bureau du juge d'instruction. Voilà mon nouveau plan secret : casser leur deal avec le Chinois, leur donner, en échange, la possibilité de gagner plein de fric grâce au ramassage des algues vertes. Ça peut paraître idiot, et en même temps il est plus judicieux de parier sur les laitues qui poussent toutes seules que sur les civelles qui risquent de disparaître... Non ?

C'est pour ça que ce soir je me laisse emporter par l'esprit de fête. Les bulles me chamboulent et m'aident à chasser (un peu) l'enquête en cours hors de mes pensées.

Assis à côté de moi, Lucas est tout sourire, la main posée sur ma cuisse. Il parle peu, écoute une conversation qui – c'est un autre rituel – tourne autour de la vie et de l'œuvre de Colette Royer. Son enfance à Saint-Jean-de-Luz, son coup de foudre pour les yeux noirs de Roger Royer, leurs fiançailles, leur mariage à 20 ans pour lui, 19 pour elle... L'histoire les raconte beaux, vaillants, intrépides. Ils s'installent à Pornichet, et la *love story* devient une *success story*... Colette ne me lâche pas du regard, j'ai l'impression qu'elle m'adresse un message : « Fais comme moi, ma chérie, saisis ta chance, prends ton bonheur. » Si elle savait...

Chaque année, la légende des Royer s'enrichit de nouveaux détails et, habituellement, Colette continue à la narrer jusqu'à épuiser les trois bouteilles de champagne. Mais ce soir, elle me paraît bouleversée. L'œil moins vif que d'ordinaire. La peau de son visage fripée comme jamais.

– J'ai entendu Michel Serres à la radio, l'autre matin, dit-elle. Vous savez, le philosophe, avec son accent rocailleux…

– « L'homme est un pou pour l'homme », imite Lucien en roulant le seul r de la citation.

– Il n'a pas tort, ajoute-t-elle. Puisque vous êtes tous là, je vais essayer de vous résumer ce qu'il a dit au sujet de la famille. La Sainte Famille. Dans la Sainte Famille donc, le père n'est pas le père : Joseph n'est pas le père de Jésus. Le fils n'est pas le fils : Jésus est le fils de Dieu, pas de Joseph. Joseph, lui, n'a jamais fait l'amour avec sa femme. Quant à la mère, elle est bien la mère mais elle est vierge.

Les deux frères échangent un regard insondable.

– D'après Michel Serres, poursuit Colette, il y a trois types de filiation : la filiation naturelle, la reconnaissance de paternité et l'adoption. Dans la Sainte Famille, si on en croit l'Évangile selon saint Luc, on fait donc l'impasse sur la filiation et la reconnaissance pour ne garder que l'adoption. Il ne s'agit plus d'enfanter mais de choisir.

Colette s'interrompt un court instant, laissant ses yeux osciller entre Lucas et moi, comme si elle nous mariait du regard.

– Il s'agit de s'aimer au-delà du sang, au-delà de l'enfantement. Lucas est notre filiation, il porte l'héritage de *notre* Sainte Famille, celle qui fait vivre une bonne partie de la presqu'île. Voilà pourquoi je me demande…

Je me redresse, ôte mes coudes de la table, attendant la suite. Colette me fixe sans ciller.

– Klervi, qu'est-ce que tu trafiques dans notre dos ?

– Mamie, qu'est-ce que tu racontes ? proteste Lucas, soudain blanc comme un linge.

– Ce n'est pas à toi qu'elle cause, dit Lucien sur un ton cassant, en évitant le regard interloqué de son frère. Laisse Klervi répondre.

Paul intervient à son tour :

– Quelqu'un peut m'expliquer ou je suis de trop dans cette maison ?

– Oh toi, s'agace Colette, on ne t'a pas sonné. Tu sais ce qu'on dit, par ici : deux mariages dans la même famille, ça porte malheur.

Un nouveau silence s'installe près de l'arbre à bougies. Deux mariages ? Paul va-t-il nous annoncer qu'il se remarie ? Avec quelqu'un de ma famille ? Mais… qui ? Lucas semble aussi surpris que moi.

Colette toise son fils cadet, plie sa serviette en quatre et la pose près de son assiette.

– Vous me connaissez, j'ai horreur des messes basses et je veux être certaine que la grande – c'est moi qu'elle appelle comme ça – a bien compris ce qu'on attend d'elle.

Elle lève une main pour faire taire Lucas :

– Klervi, est-ce toi qui as indiqué à ton frère l'emplacement du vivier, dans les prés salés du Mès ?

Je revois la major en train de prononcer ces mêmes mots. Les prés salés du Mès. Le vivier dont mon portable a dénoncé l'existence aux gendarmes. Lucas serre mon genou de sa main, réconfort bienvenu.

– Je ne suis pas du genre à balancer, j'affirme d'une voix claire. Lucas m'a parlé d'un groupe de mecs qui seraient venus de Rennes : vous avez cherché de ce côté-là ?

Lucas ronge son frein, furieux de l'affront qu'on me fait.

– Pourquoi tu reviens là-dessus, Mamie ? lui demande-t-il. Ce sont des Rennais qui ont fait le coup, je te l'ai déjà dit, je t'ai montré sur les réseaux la story d'un mec qui s'en vantait…

Suis-je la seule, autour de cette table, à être sûre à cent pour cent qu'aucun Rennais n'y est pour rien dans cette histoire ?

– Est-ce que tu sais, Klervi, qu'on ne laisse jamais rien au hasard ? poursuit Lucien. Le hasard est un faux ami, et tout ce qui est faux me rend nerveux.

– Pourquoi Jez aurait fait ça ? je demande en bafouillant.

– Parce qu'il avait viré intégriste écologique ! rétorque Lucien. Ferait mieux de bosser au lieu de pinailler…

– Et j'ai comme l'impression, Klervi, que ça a déteint sur toi, assène Colette.

– Pas du tout !

– As-tu entendu parler de la lettre anonyme ?

Ma poitrine se soulève un peu plus vite, j'ai l'impression que le piège se referme lentement. Et je n'ai aucune idée de ce que je dois répondre.

– Quelle lettre ?

Lucas regarde le fond de son assiette : il sait que je mens, je lui ai parlé de la lettre.

– Je te le redemande, dit Colette : qu'est-ce que tu trafiques dans notre dos ?

Son regard me transperce. Je lui oppose mes pires pensées : Jez qui comate, le corps inerte de Torka… Impossible de rester acculée plus longtemps. Si je perds mes moyens, je ne pourrai jamais aller au bout de ma mission, celle qui me permettra de sauver Lucas et de partir avec lui le plus loin possible.

– OK, je vais vous dire ce que je trafique…

Colette échange un regard complice avec Lucien.

– Klervi ? lâche Lucas, un rien apeuré.

– Je vais organiser une chasse au trésor, ce sera le clou du spectacle du Zellython.

– Quel rapport ? s'étonne Lucien.

– Le trésor, c'est vous qui allez l'offrir aux organisateurs…

– On ne va pas donner un trésor à une bande d'écolos dégénérés, qui…

– Si, dis-je. Vous allez offrir le gros lot de la chasse au trésor : un coffre rempli de louis d'or. Joli symbole de la réussite des Marées de l'Atlantique, l'entreprise qui fait vivre la région. La presse va adorer. Vous en profiterez pour rappeler votre soutien à la pêche durable, à tout ce qui touche à l'environnement… tout ce que vous voudrez, ce ne sont pas les sujets qui manquent.

Je revois Jez entrer dans ma chambre, répéter les slogans pour les manifestations auxquelles il participait à Guérande tous les vendredis : *Buvez vos pesticides ! Fermez les usines à cochons ! Arrêtez vos salades, touchez pas à l'océan…* Et se marrer comme une baleine quand je lui disais de retourner dans sa chambre avec mon petit slogan que je pensais malin : « Votez Jez, il est balaise. » Mon Jez…

– Tu nous prends pour des imbéciles, Klervi ?

– Pas du tout, je réponds à Colette du tac au tac. Au contraire : par la même occasion, on va mettre la pression pour que l'usine de traitement des algues vertes ouvre le plus vite possible. Ça tombe bien puisque vous allez vous occuper du ramassage.

– On n'a pas besoin de toi pour ça, affirme Lucien sur un ton méprisant.

– Et pourtant, j'ai cru comprendre que ça traînait un peu, dis-je d'une voix confiante. Si je martèle, sous l'œil des caméras, que le problème doit être réglé de toute urgence, vous ne pensez pas qu'ils vont un peu se dépêcher « en haut lieu » ?

Des gouttes de sueur froide dégoulinent dans mon dos tandis que j'articule :

– Et puis, si jamais, je ne sais pas, moi… Si jamais, un jour, on vous soupçonne de faire du trafic de civelles, vous rappellerez que vous êtes des défenseurs de la biodiversité, les généreux donateurs du Zellython, ceux qui débarrassent les plages bretonnes des algues vertes… Les gens regarderont ailleurs, non ?

– Voilà qu'elle m'intéresse, la grande, ironise la grand-mère, une soudaine lueur dans le regard. Elle va finir par me prendre ma place !…

Puis elle éclate de rire, suivie par Lucien qui doit utiliser sa serviette pour essuyer ses larmes. Lucas et Paul échangent un regard perdu, le malaise se lit sur leurs visages. Qu'ai-je dit de si débile pour qu'ils se moquent de moi aussi bruyamment ? Une sourde colère me bloque la respiration, je pose les mains sur la table, m'apprête à me lever, folle de rage, quand Colette me saisit l'avant-bras :

– C'était une blague, ma Klervi.

– Une quoi ?

J'hésite à faire valdinguer la chaise, à courir vers la porte, quitter *Ker Colette* pour ne plus jamais y remettre les pieds. Au diable ma mission, mes engagements, qu'ils aillent tous se…

– Détends-toi, poursuit Lucien, et désolé, dit-il à Lucas et à Paul. Si je vous avais prévenus, j'en connais un qui n'aurait pas tenu sa langue. Contrairement à Klervi qui, elle, vient de nous montrer qu'elle est une tombe.

Lucien m'applaudit sur un rythme lent, ce qui ne semble pas plaire à son frère. Moi, une tombe ? Je ris à mon tour, pour évacuer le stress.

– Vous êtes complètement malades, ou quoi ? s'énerve Lucas. Comment vous pouvez faire ça à Klervi ? Elle a failli…

Je lui serre la main sous la table. Lucas ne termine pas sa phrase. Je me force à garder le sourire, prends conscience que je viens d'être testée, sans savoir si j'étais réellement soupçonnée de jouer contre eux, et si j'ai vraiment réussi à les convaincre que je suis de leur côté.

– C'était juste pour jouer, lâche Lucien.

– Et on peut dire, ajoute Colette, que Klervi a gagné la partie, haut la main.

Elle repousse sa chaise en arrière :

– Lucas, je suis fière de Klervi, de toi et de notre choix.

Pendant qu'elle fait le tour de la table, Lucien remplit les cinq coupes de champagne avec un sourire triomphant. Sa grand-mère prend Lucas dans ses bras, l'étreint longuement tout en lui murmurant quelques mots à l'oreille.

– Tu n'as pas dit que tu n'aimais pas les messes basses ? raille gentiment Lucien.

D'un geste de la main, Colette me demande de me lever, ce que je fais sous le consentement de Lucas.

– Que ton vœu soit exaucé, ma grande, dit-elle avec émotion. En récompense de ta discrétion, et du fait que tu penses si gentiment à notre avenir, je t'offre 76 louis d'or pour ta chasse au trésor…

– À la louche, ça fait pas loin de 23 000 euros, apprécie Paul, l'air tout aussi content de m'adouber.

Je lâche un « merci » du bout des lèvres, encore sonnée par le piège tendu par la mère et le fils Royer.

– Trinquons à la chasse au trésor ! lance Lucien.

– Et au Zellython, ajoute Colette.

Je bois d'un trait, pose le verre, offre un sourire à la Sainte Famille, m'excuse et pousse la porte extérieure. Je m'assois lourdement sur la marche, lessivée par le jeu vicieux de Colette et Lucien. Fière, tout de même, de ne pas être tombée dans le piège, et d'avoir réussi à me maîtriser à temps... Si j'étais partie, vexée comme un pou, la patronne des Marées de l'Atlantique en aurait conclu que je n'étais pas un bon choix pour l'héritier. Et, une fois la porte fermée, comment aurais-je fait pour les espionner ?

Mammig me manque, mon père aussi.

– Jez, je murmure, réveille-toi, vite, j'ai trop besoin de toi.

Et dans ma tête résonne l'air d'une soirée que je n'oublierai jamais : *Happy birthday to you, Colette, happy birthday to you...*

CHAPITRE 17

TROP BEAU

Je traverse le jardin sous les étoiles, entre dans l'appartement de Lucas, une idée en tête : trouver son téléphone, celui qu'il utilise pour communiquer avec les braconniers. Après tout, en filant son numéro à Marceau, je lui rends service : je le protège d'un mauvais pas qu'il pourrait commettre si le trafic venait à tourner au vinaigre. Une livraison qui se passe mal, ça doit arriver, non ? Et ce Chinois, là, celui qui peut lever une armée en baissant les yeux, mieux vaut que Lucas ne le rencontre pas, non ? Je suis encore sous le choc du test, je ferais peut-être mieux de m'abstenir, mais tant pis.

Je file dans la chambre, regarde sous le lit, le matelas, dans les tiroirs du dressing en m'aidant de la lampe de mon smartphone. Je passe la main sous les chaussettes, boxers, chemises, pulls, tâte les poches des trois vestes que mon homme porte de temps en temps, je m'impatiente : rien à l'horizon. Où peut-il cacher ce putain de téléphone ?

Je quitte la chambre, me retrouve dans le salon face au canapé blanc et à l'immense écran de télévision. Il n'y a pas si longtemps, nous jouions à *Zelda* jusqu'à nous lasser de la console. Je m'approche de l'écran, posé sur un meuble blanc, et retire une caisse où sont rangés la Nintendo et les boîtiers de jeux. Je soulève des câbles quand la lumière du salon m'oblige à plisser les yeux.

– Klervi ? Qu'est-ce que tu fais ?

Je me retourne, aperçois Lucas qui pose son caban sur le dos d'une chaise.

– Tu ne vois pas ? Je range...

Je le désarçonne pour trouver, vite, une « mini-légende », comme dirait Marceau.

– T'es fâchée, c'est ça ?

– Pas du tout, dis-je en me levant. Tu n'aurais pas vu ma bague, tu sais, celle que tu m'as offerte à Paris ?

– Colette y est allée fort, mais bon, elle n'a pas fait semblant avec les louis d'or, pas vrai ?

– Peut-être, mais ça ne me dit pas où est passée ma bague...

Je mens comme je respire, et tire mentalement une croix sur la recherche du portable bis.

Justement, le portable normal de Lucas se met à vibrer.

– Merde, j'avais complètement oublié Romain...

Romain, c'est un autre des collaborateurs des Royer. Celui qui doit s'occuper des Rennais qui ont soi-disant détruit le vivier de civelles. Une force de la nature. Agriculteur le jour, braconnier la nuit : ça aide à boucler les fins de mois.

– Qu'est-ce qui se passe ?

– On a une livraison à faire, répond Lucas en tapant un texto.

– Ce soir ?

– Yep. Il faut que j'y aille, Romain m'attend à l'entrepôt.

– Je viens.

Il tique.

– Klervi, non…

Habituellement, quand il dit non, ce n'est pas négociable, mais comme il l'a dit du bout des lèvres, j'en profite :

– Tu ne vas pas t'y mettre, toi aussi ?

– Pardon, me dit-il en m'embrassant tendrement. Je suis parfois maladroit…

– Non, tu n'es pas maladroit. Tu as juste un peu la pression. N'est pas l'héritier qui veut…

Il me sourit, je perçois de la fierté dans son regard, et ça me brise le cœur.

Je me dirige vers le dressing pour y récupérer une doudoune noire, chaude et confortable.

Soudain, mon œil est attiré par une lumière qui sort d'une petite cave à vin, disposée depuis peu dans le dressing. J'ouvre discrètement la porte et prends le possible téléphone de guerre, glissé dans une boîte de champagne en forme de tsarine à qui il manque la tête. Est-ce Romain qui tente de le joindre sur ce portable ? J'hésite : est-ce que je lui demande cash à quoi sert ce portable à clapet ? Ou est-ce que je laisse tomber pour l'instant, afin de capter le numéro plus tard ?

– Lucas, c'est à toi, ça ?

Je m'approche, le téléphone posé sur ma main ouverte.

– Oui, répond-il, un peu gêné. Je m'en sers pour les affaires. Tu vois…

– C'est-à-dire ? je demande naïvement.

Lucas me décrit ce que je sais déjà : les téléphones relient quelques clients et braconniers des Royer, en circuit fermé, et ils sont changés régulièrement pour éviter d'éventuelles écoutes téléphoniques.

– Il va t'en falloir un à toi aussi, assure-t-il.

J'écarquille les yeux. Lucas m'offre un sourire dont il a le secret, celui qui m'a fait craquer la première fois que je l'ai vu.

– C'est Romain qui a essayé de me joindre, précise-t-il après avoir ouvert le clapet. Il doit être furieux que je n'aie pas répondu.

– C'est grave ?

– Non, mais il est méticuleux, le bougre…

– Alors on y va ?

– OK.

– Ta Colette chérie t'y a autorisé ? je le taquine. C'est ça qu'elle t'a soufflé à l'oreille, maintenant qu'elle sait que « la grande » ne trafique rien dans son dos ?

– On ne peut rien te cacher, dit-il avant de m'embrasser.

C'est bien ce que j'espère.

Sainte Famille.

Les phares du fourgon éclairent une silhouette, puis la fumée qui se dégage des lèvres d'un jeune homme à la carrure imposante. Ses yeux rouges le trahissent, Romain fume de l'herbe. Clovis, Romain, Jez… La « Weed Connection » m'entoure.

Appel de phares. Romain, tout de kaki vêtu, prend un jeu de clés, ouvre le grand portail de l'entrepôt des Marées de l'Atlantique, puis le referme une fois le fourgon à l'abri des regards. Je reste à l'intérieur, enfonce mes écouteurs, play, Lomepal, *Trop beau*.

Notre histoire n'aurait jamais pu finir dans le calme et la tendresse.

S'il fallait que je retienne un jour une unique mélodie pour survivre dans un sous-sol, je prendrais le solo de piano après « c'était trop beau pour être vrai ». Ça me rend K.O.

C'est juste trop beau.

Les deux mecs vont et viennent, je sens leur poids qui secoue l'arrière du fourgon.

Garde le sourire, plus rien n'est grave, tant qu'il nous reste une seconde de souvenir dans le crâne, nos deux corps pourraient…

Les portes se referment, je vois Romain dans le rétro, Lucas monte, portière fermée, coup d'œil : « Ça va ? » J'opine, chantonne la suite :

Je n'avouerai jamais que certaines de mes propres émotions m'effraient,
Je te déteste comme cette phrase qui dit c'était trop beau pour être vrai.

Contact, marche arrière, fermeture du portail, la porte passager s'ouvre, Romain nous rejoint, le fourgon s'enfonce dans la nuit. Ils parlent, je n'entends que des mots sourds, le piano me berce, je ferme les yeux, remets la chanson, piano, je la connais par cœur.

J'avais jamais vu de nuit aussi calme, hey,
Je le regarde enchaîner les cigarettes…
Les cigales… Phéromones… Lucifer…
On fonce vers la mort…
Sur son dos, mon torse…
On pourrait repartir à zéro…
Trop beau pour être vrai.

Le fourgon s'arrête, j'ouvre les yeux. Un portail électrique, sans prétention, gris, pas plus haut que moi, glisse sur la droite. Marche avant. Stop. Ouverture d'un autre portail, un garage anodin accroché à un pavillon anodin. Je ne sais pas où je suis, mais *Trop beau* me donnera un indice : la chanson dure 4 minutes 24 secondes, on est donc à cinq minutes environ de l'entrepôt. Et je pourrai regarder tout à l'heure sur mon portable, la géolocalisation ne ment jamais.

Lucas me fait signe de descendre, je réponds par un salut militaire et un sourire.

Garde le sourire, plus rien n'est grave.

Je traverse un bazar sans nom, les mecs virent des vieux vélos, des pneus de tracteur, je pousse une porte, me retrouve dans une pièce vide et poussiéreuse, Romain me passe devant, prend un trousseau de clés accroché à son pantalon, ouvre une seconde porte, attrape une lampe torche, me la tend, en saisit une autre, allume. Tout se fait en silence, gestes automatiques, scénario super-rodé.

Je me retrouve avec une torche dans chaque main, à éclairer le va-et-vient des deux gars qui, à l'aide de seaux blancs, déversent des milliers de spaghettis dans une piscine hors sol, ronde, d'environ cinq mètres de diamètre sur un mètre de haut.

Le voilà, le nouveau vivier.

À vue de nez, il y a la même quantité que celle qu'on a transportée au retour du barrage : 300 kilos de civelles.

D'après ce que j'ai compris, ce moment est le seul qui soit vraiment risqué. S'ils se font prendre en flag en train de balancer les civelles dans « la piscine », c'en est fini pour eux. C'est du trafic d'espèce protégée, du braconnage. Pas du tout légal. Le reste du temps, notamment quand ils sont au volant avec le chargement à l'arrière, ils peuvent toujours montrer un document qui les autorise à transporter des civelles en toute légalité.

Romain contrôle l'état des tuyaux, Lucas celui des deux moteurs qui assurent l'oxygénation de l'eau, l'un en action, l'autre de secours.

Voilà, c'est fait. Le fourgon sort de la zone pavillonnaire, une excellente couverture pour dissimuler une piscine circulaire. À qui appartient cette villa, vide de tout occupant ? Est-ce une résidence secondaire que le propriétaire loue, en douce, à une personne qui la loue à son tour à Romain ? Possible.

Au retour, je replonge dans *Trop beau*, le live cette fois-ci, avec le public qui chante « J'avais jamais vu de nuit aussi calme, hey », je frissonne comme la foule en transe, me laisse bercer par le roulis des quatre pneus qui glissent sur une surface aussi lisse qu'une mer plate.

Je sens la main de Lucas sur mon épaule.

– On a de la visite. On t'a prise en stop, OK ?

En stop ? Lucas baisse la vitre, je croise le regard d'un douanier, habillé d'un gilet pare-balles, qui, je le devine aux mouvements de ses lèvres, demande à Lucas les papiers du véhicule et de descendre, s'il vous plaît. Lucas déplie le pare-soleil, prend un portefeuille en cuir qu'il tend à l'homme dont la mâchoire est aussi carrée que la piscine était ronde.

J'ai beau savoir qu'il ne risque pas grand-chose, je suis prise de panique. Et pourquoi Lucas m'aurait-il prise en stop ? Je ne pige pas, m'abstiens de le demander à Romain et pense juste :

« Barrez-vous, douaniers de malheur ! Vous allez tout faire rater ! »

Des silhouettes passent devant le gyrophare, Lucas disparaît dans l'angle mort du rétroviseur extérieur, va leur ouvrir les portes arrière du fourgon. Romain pose sa chaussure sur le tableau de bord, remonte sa chaussette, me jette un regard tendu.

Je suis trop stressée, je ne peux pas rester là, les bras croisés. Je glisse sur la gauche, pose le pied sur la marche, saute, rejoins Lucas qui me dévisage en fronçant les sourcils. Si je peux être réservée, il m'arrive aussi de me mêler de ce qui ne me regarde pas. Jez est comme moi, on n'est pas jumeaux pour rien : depuis tout petits, on a toujours voulu régler les problèmes, surtout des adultes, prendre soin des autres. Trop, nous a souvent répété notre père.

– Il y a un souci, monsieur l'agent ?

– Non, non. Tout semble en règle, me dit-il pendant que son collègue referme la porte arrière du fourgon.

Il m'éclaire le visage pendant quelques secondes qui me semblent interminables.

– Vous avez autre chose à déclarer ? demande-t-il à Lucas. Je veux dire : d'autres autostoppeuses qui se promènent sur les routes – il regarde sa montre – à bientôt minuit ?

Lucas fait non de la tête. Trop bizarre, la réflexion du douanier. Pourquoi ne contrôle-t-il pas mes papiers ou ne me fait-il pas la morale, style : « On peut savoir ce que vous faisiez, seule, sur le bord de la route en pleine nuit » ? Et pourquoi ne fouille-t-il même pas le fourgon ?

Il m'éclaire une nouvelle fois, ce qui m'oblige à fermer les yeux.

– Vous pouvez y aller. Bonne route.

On remonte dans le véhicule, je m'installe entre les deux gars, et tandis que Lucas passe la seconde, on éclate de rire. Les blagues fusent pour faire redescendre la pression. Romain montre un petit sachet de weed qu'il sort de sa chaussette, Lucas le rabroue :

– Joue pas avec le feu, mec, ça va nous jouer des tours.

Le ton de Romain se fait soudain froid comme la glace.

– Ça craint, ce barrage de douaniers, non ?

– Ça n'arrive pas souvent, mais il faut toujours s'y préparer, réplique Lucas. Comme de voir ta gonzesse descendre alors que tu viens de baratiner le douanier comme quoi tu ne la connais pas, et que tu lui as sauvé la vie en la prenant en stop au milieu des marais de Brière !

Lucas éclate de rire, je lève les yeux au ciel.

– N'empêche que c'était pas très crédible, j'ose.

– Pas moins crédible que le fait que tu descendes du fourgon en mode…

Il prend une voix aiguë :

– « Il y a un souci, monsieur l'agent ? »

Les gars se marrent de nouveau comme des baleines.

– Au fait, Rom, dit Lucas, soudain sérieux, tu as réglé le problème des Rennais ?

– Grave, répond Romain en posant le pied sur le tableau de bord. Mais c'est pour ça que je le trouve pas normal, le contrôle des képis. C'est comme si on nous avait suivis, et qu'on voulait nous mettre un petit coup de pression, tu vois ?

– Non.

– Comme si ça me collait aux mains, si tu préfères…

Lucas me lance un regard qui signifie qu'il ne voit toujours pas le rapport entre ce que Romain a fait à Rennes et le barrage douanier.

– Eh ben, c'est comme tout à l'heure…, reprend Romain.

– Quoi, tout à l'heure ?

– Quand tu n'as pas répondu sur le balourd. C'est pas bien, d'appeler sur le normal, tu sais, et…

Romain parle à mots codés, mais je parviens à traduire : le « normal », c'est le portable habituel, le « balourd », le téléphone de guerre. Facile.

– Désolé pour tout à l'heure, s'excuse Lucas. On a eu un repas de famille un peu spécial et ça m'est sorti de la tête. Mais faut quand même que tu arrêtes avec ta parano. C'est ça de fumer de la beuh, ça te bloque le cerveau. Bon, et donc : ton voyage, il s'est bien passé ?

– Les mecs de Rennes, ils ont vraiment flippé, assure Romain. C'est ça, le problème : bien le genre à aller courir chez les flics pour se plaindre. S'ils ont pris la plaque de ma bagnole, ils l'ont peut-être refilée aux flics, qui l'ont signalée aux douaniers… Merde, je suis peut-être filoché depuis mon retour de Rennes, va falloir que je regarde s'ils n'ont pas balisé le fourgon… Tu vois le travail ?

– Balisé ? je demande.

– Sérieux, Klervi, je te croyais plus à la page ! C'est un émetteur que les flics accrochent à une voiture, histoire de la suivre et de connaître ses déplacements.

– Tu te fais vraiment trop de films, Rom, lâche Lucas. Si les douaniers avaient voulu nous serrer, ils l'auraient fait à l'aller, pas au retour.

– C'est pas faux, avoue Romain de sa grosse voix. Mais tu sais comme moi que c'est chaud en ce moment, pas vrai ?

Lucas hausse les épaules. Je regarde droit devant, une boule dans la gorge. J'ai l'impression d'être dans un mauvais film d'espionnage. Surtout ne rien dire, faire comme si de rien n'était…

Clignotant. Virage angle droit. Pleins phares. On ne retourne pas directement à l'entrepôt, on dépose Romain chez lui, pas loin du village de Kerhinet.

Est-ce que les craintes de Romain sont fondées ? Si les douaniers nous ont vraiment suivis, pourquoi ne nous ont-ils pas arrêtés lorsque le fourgon était plein d'« or blanc » ? S'ils trouvent le vivier, ne vont-ils pas foutre en l'air l'enquête de la cellule spéciale ? Quelles conséquences pour moi ? Je deviens aussi tendue que Romain, mais pas du tout pour la même raison !

Lucas stoppe le fourgon dans la cour d'une ferme où un gros tracteur barre l'entrée d'une vieille maison au toit de chaume.

– On est arrivés, mec !

– *Treg*, lance Romain.

Il se tourne vers moi, puis ajoute :

– Klervi, t'oublies pas ?

– Quoi ?

Il pose une main sur sa bouche, ses deux mains sur ses oreilles, puis sur ses yeux, avant de claquer la portière. Je regarde Lucas qui, les yeux vissés sur le dos de son braconnier préféré, m'explique :

– Les trois singes : ne pas voir le mal, ne pas entendre le mal, ne pas dire le mal. Les trois clés de tout business.

Il enclenche la marche arrière, et je me répète en boucle les paroles de Lomepal, déformées comme Jez sait si bien le faire : *Notre histoire finira dans le calme et la tendresse…*

CHAPITRE 18

DEUX MARIAGES, ÇA PORTE MALHEUR

Trois jours après, j'ai encore la mélodie dans la tête, le piano de Lomepal m'entête, il m'accompagnera jusqu'à ce que Jez se réveille. Les toubibs sont réservés sur son état de santé, ils ne se projettent pas, je m'accroche au « C'est écrit » de Colette comme à une bouée sur une mer déchaînée, et aussi à l'objectif de détourner les Royer de leur trafic de malheur.

On est mi-décembre, et après que Zelly nous a renversés, c'est une canicule d'hiver qui nous caresse de calme et de tendresse. Hier, on a frôlé les 25 degrés à l'ombre, retrouvé le plaisir de se balader sur les sentiers côtiers et les plages dorées. D'après ce que tout le monde dit, on n'a jamais vu ça.

Torpédo, lui, s'en réjouit, de la chaleur, du bruyant vent du sud qui donne le tournis à son épaisse crinière poivre et sel. Il est totalement guéri, maintenant. Depuis l'accident, ce n'est que la troisième fois que je le sors, je marche à côté de lui, il s'impatiente, des fourmis dans les jambes, puis je le monte après avoir quitté la route des Trois-Îles, retrouvé le chemin côtier, direction la Mine d'or. La célèbre plage de Pénestin, au pied d'une falaise d'où s'élancent des parapentes.

Depuis « là-haut », comme dit Jez, c'est-à-dire assise sur le dos du quadrupède, je dévore le paysage du regard, aussi familier que déroutant. Le bleu du ciel se confond avec la mer d'huile, les criques se terrent, les falaises se dressent, îlots et gros cailloux se désagrègent en grains de sable et galets sur les plages de Loscolo, du Mareselé et de Poudrantais. Les goélands dansent dans l'air chaud, des voiles sont sorties prendre le vent pour mieux le dompter.

Mon pays, c'est une vraie mine d'or.

Les grandes marées nous ont laissé du goémon à gogo et les rayons de soleil rasants de ce faux printemps. Puisqu'il n'y a plus de saisons, autant en profiter pour galoper sur les plages désertes et se laisser bercer par le ressac de la mer.

« Profite, Klervi, profite ! Tu ne sais pas ce qui t'attend. »

J'arrive, comme prévu, au pied de la falaise de la Mine d'or avant que le soleil sombre dans l'océan. Torpédo fait claquer ses sabots sur le sable brun, humide et parsemé d'algues et de divers objets.

J'ai passé la journée à *Ty Davarn*, un peu de temps avec ma mère. Mais je ne l'ai pas avertie que je sortais Torpédo. Elle profitait de son jour de congé pour passer des coups de téléphone, allongée sur le canapé. J'ai eu peur de la déranger, elle avait l'air si occupée à papoter avec Dieu sait qui, tout en vernissant ses ongles. Un détail qui ne m'a pas échappé…

Pas coquette pour un sou, Villanelle se maquille rarement, enfile toujours les mêmes jeans et chemises blanches ou roses. Mais aujourd'hui, changement de programme : à qui compte-t-elle montrer ses ongles vernis ?

Mon portable sonne. J'imagine que c'est elle. Quand Mammig a un truc important à me dire, elle envoie un texto. Mais je ne regarde pas, je souris, savoure. Pas de la snober, juste d'être seule au monde, encore quelques instants, face au soleil qui se rapproche, grossit, m'oblige à me servir de ma main droite comme d'une visière, tandis que la gauche tient fermement les brides en cuir.

Je scrute l'horizon qui rougit de plaisir à l'idée que nous soyons tous bientôt plongés dans le noir, le disque solaire s'enfonce dans l'eau à mes pieds, lorsque l'éclair surgit, frappe mes yeux d'un rayon vert qui accompagne la brusque réfraction de la lumière.

C'est le signe que j'attendais.

Je l'ai eu. Enfin. C'est écrit : Jez survivra.

Je fais demi-tour, regarde mes textos.

Ma daronne : T'es où ?

Je réponds : Partie.

Nouveau message de Mammig : Tu manges avec moi ?

Moi : Non.

En vérité, je vais rentrer à *Ty Davarn* et je picorerai, debout devant un coin de la table. À part aujourd'hui, j'y ai à peine mis les pieds, laissant ma pauvre Villanelle toute seule. Jez serait furieux s'il savait.

Ensuite, je réponds à Nolween qui me bombarde d'infos au sujet du Zellython. Mon idée de chasse au trésor l'a super emballée, elle est à fond. Un de ses potes, Ahmed, concocte une application au top, ça va être un énorme événement. Encore un. Mais il faut l'organiser.

Il faut aussi ordonner le ballet des tracteurs qui, le même jour, feront la navette entre la plage du Palandrin et la déchetterie de Muzillac, en passant par le barrage d'Arzal, pour déverser plusieurs tonnes de laitues puantes là où l'usine ne va pas tarder à sortir de terre. C'est un acte symbolique. Pour que le problème des algues vertes soit enfin pris en compte. Et pour le bonheur de ma future Sainte Famille.

Sous les étoiles et le vent doux, Torpédo trotte.

Le portail de *Ty Davarn* est ouvert, pourtant il n'y a pas d'autre voiture que celle de ma mère. Bizarre. Qui est là ? Torpédo entre dans le *ranchito* sans broncher, je ferme la porte, ôte la selle, le brosse, l'embrasse, me tourne à plusieurs reprises vers la maison illuminée… Est-ce le cousin Charles venu réconforter ma mère, lui donner « quatre nouvelles », comme il dit chaque fois qu'il évoque la plainte contre la France ? S'est-il garé dans la rue ?

La curiosidad mato el gato : la curiosité tue le chat. J'avance à pas de loup, longe la haie du jardin, frôle le mur, ose un coup d'œil par la fenêtre du salon. Personne.

Et si c'était Tatig ? S'il avait atterri ce matin et pris la route aussitôt pour arriver par surprise ? Le rire étouffé de ma mère m'indique qu'elle est à l'étage, dans sa chambre aux volets à demi fermés.

Je pousse la porte d'entrée, tout sourire à l'idée de découvrir le sac de Tatig posé dans le vestibule, son anorak jeté à la va-vite par terre. Je ne vois rien de spécial, ils ont dû monter direct, profitant de mon absence. Je comprends mieux pourquoi Mammig m'a demandé si je rentrais dîner… La canaille !

Son rire descend l'escalier, heureux et fort, me donne envie de pleurer comme un bébé, de me jeter dans les bras de mon père, d'aller immédiatement avec lui au chevet de Jez. C'est presque un rêve d'entendre Mammig si joyeuse. Je suis à la fois gênée d'être témoin de leurs retrouvailles et un peu en colère de ne pas avoir été prévenue du retour de Tatig. Un peu jalouse.

Je retiens mon souffle quand j'entends des pas dans l'escalier. Un turban mauve autour des cheveux, Mammig s'arrête net en me voyant. Derrière elle, je n'aperçois que des chaussettes et le bas d'un pantalon noir. Ma mère lève la main pour stopper celui qui la suit.

– Papa ?

– Qu'est-ce que tu fais là, ma chérie ? demande-t-elle, pétrifiée.

– Paul ?

Le père de Lucas a descendu quelques marches. Il pose les mains sur les épaules de ma mère pour l'inciter à le laisser passer, et descend deux marches de plus. Je ne sais pas si c'est le fait qu'il porte des chaussettes bleues imprimées de fleurs de tournesol, ou le fait, tout simplement, de prendre ma mère et mon futur beau-père en flagrant délit d'adultère – c'est en tout cas l'idée qui me vient tout de suite à l'esprit –, mais j'éclate d'un rire nerveux.

– Klervi, ce n'est pas ce que tu crois, dit-il.

– Je ne crois rien, je réponds froidement. Je… je…

Mammig dévale l'escalier. Elle porte un chemisier que je ne lui connais pas, mauve comme le ruban qui cache sa tignasse, des boucles d'oreilles rondes et brillantes. C'est donc pour Paul qu'elle s'est verni les ongles !

– Paul est passé me voir, ajoute-t-elle, pour m'aider avec la paperasse. Je lui montrais les factures, dans la chambre.

Elle s'interrompt avant d'insister :

– Tu te souviens que j'ai déménagé mon bureau là-haut ?

Elle paraît sincère, mais je n'arrive pas à la croire. Les paroles de Colette me reviennent en mémoire : « Deux mariages dans la même famille, ça porte malheur. »

Je tourne les talons, ouvre la porte et pars en courant vers le *ranchito*. Je cours pour évacuer l'envie de les étrangler, tous autant qu'ils sont à me prendre pour une poire, je cours pour sécher les larmes qui me brouillent la vue, je ne ralentis ma course que pour crier de toutes mes forces un collier de jurons qui fait sursauter Torpédo. Moi qui croyais être la pire des menteuses ! Qu'est-ce qu'ils ont tous avec leurs vies cachées ?

– Klervi, arrête ton cirque, tu veux ?

Paul m'a suivie jusqu'au *ranchito*, toujours en chaussettes.

– Mon cirque ? Tu es au courant que j'ai un père ? Et que mes parents ne sont pas divorcés, eux ?...

– Tu veux bien m'écouter ?

La ride sur le front de Paul montre qu'il ne plaisante pas. Ce n'est pas un homme agressif, il est plutôt réservé, calculateur, même s'il peut être sévère envers ses employés des Marées de l'Atlantique. Mais, comme son fils, il y a une qualité qu'on ne peut pas lui nier : sa générosité.

– Villanelle ne t'a pas menti, reprend-il. En ce moment, elle n'est pas dans son assiette, et ça se comprend.

– C'est pour ça que tu lui... remontes le moral ?

– Pas de sous-entendus de ce genre, Klervi. Il n'y a aucune ambiguïté entre ta mère et moi. Quand j'ai pris de ses nouvelles... ce qui est normal, étant donné le lien entre notre famille et toi... Quand j'ai pris de ses nouvelles donc, j'ai compris que Villanelle était sur le point de craquer. Elle est seule et...

Les mots de Paul me font l'effet d'un coup de poing dans le ventre.

– Villanelle et moi avons grandi ici, on se connaît depuis longtemps, presque depuis toujours, tu le sais. Ne te méprends pas sur ce que tu viens de voir, crois-moi, ça lui fait un bien fou de rigoler et...

– De se maquiller ?

– Aussi, avoue-t-il sans rougir.

– Et tu viens souvent ?

Il hésite à me répondre.

– De plus en plus, ces derniers temps, oui. En tout bien tout honneur. Tu sais que j'ai beaucoup de respect pour ton père…

– Mais pourquoi a-t-elle besoin de toi ?

– On voit que tu n'as jamais géré une poissonnerie juste avant le grand boum de Noël…

– Mais elle s'en sortait bien toute seule avant, non ? je rétorque, un brin provocante.

– Avant, elle ne passait pas la moitié de ses journées à l'hôpital, réplique Paul sèchement.

Un point pour lui. Mais je n'ai pas dit mon dernier mot.

– Et Colette ?

– Quel rapport avec Colette ?

– Ce qu'elle a dit sur les deux mariages…

Il lève les yeux au ciel.

– Ma mère n'a jamais digéré mon divorce, confie-t-il. De son temps, ça ne se faisait pas, il fallait rester digne, le menton haut. Et surtout, ne jamais diviser deux familles liées par les affaires.

Je ne connais pas grand-chose sur la mère de Lucas. Je sais juste qu'elle est originaire de Belle-Île, à environ trois heures de ferry. Un autre monde, même si la pêche en est sans aucun doute le trait d'union. Lucas ne parle jamais d'elle. Elle a refait sa vie à Paris, où elle gère une crêperie près de la gare Montparnasse. Il va y déjeuner, rapidement, quand il se rend à la capitale, il ne m'y a jamais invitée.

– Et donc ? j'insiste timidement.

– Ma mère s'imagine des choses pour un oui ou pour un non. Comme toi, on dirait. Et Colette ferait bien de me lâcher un peu, comme le fait la tienne, qui n'ose pas te dire à quel point elle a besoin de toi auprès d'elle. Ce serait bien que tu passes plus de temps ici.

Je ne sais plus trop quoi penser, déchirée entre l'envie de le croire et celle de lui faire cracher que ce qu'il raconte est du gros *bullshit*.

– Je vais vous laisser, conclut-il.

Il tourne les talons, entre dans la maison pour remettre ses chaussures et dire au revoir à ma mère. Je laisse les phares s'évanouir dans la nuit, caresse Torpédo, prends mon courage à deux mains, et file vers le manoir d'un pas rapide. Villanelle m'attend, les bras croisés. Le masque de tristesse est revenu sur son visage, la détresse brille dans son regard de mère isolée. Je la prends dans mes bras et la serre très, très fort. Nous allons tenir bon. Nous aussi, nous sommes une Sainte Famille.

CHAPITRE 19

CHASSE AUX TRÉSORS

Il ne pleut pas, c'est déjà ça. Depuis deux, trois jours, la chasse aux trésors est de toutes les conversations, surtout chez les jeunes, de Bordeaux à Rennes, de Nantes à Brest, chez tous les Bretons de souche ou de cœur disséminés sur la planète. Chasse *aux trésors*, oui. Au pluriel. Chaque louis d'or est un trésor, et celui qui en trouvera le plus se verra remettre des mains de Colette Royer un chèque de 10 000 euros. Une fois récoltés, les 76 louis d'or feront l'objet d'une vente aux enchères, clou du spectacle du Zellython ; le montant sera reversé à une association qui aide ceux qui ont été fortement touchés par la tempête.

La meilleure publicité qui nous a été donnée, c'est le refus de plusieurs chaînes de télévision de retransmettre ce que nous avions envisagé comme un téléthon. Pas grave. *Kenavo* – *ciao* – l'appel aux dons sur le petit écran, *degemer mat* – *welcome* – le Zellython sur le *social media*. Ça n'empêche pas le buzz, de nos jours, et au moins on n'oblige personne à monter un petit spectacle dans un quartier ou un village, mais ceux qui veulent donner de leur temps et de leur argent pour aider les sinistrés savent comment s'y prendre. Cette autogestion numérique est un peu bordélique, pourtant le résultat est là.

Moi, je reste en retrait, comme je l'ai promis à mes agents traitants et à la Sainte Famille. Des journalistes ont bien essayé de me draguer, on m'a invitée sur des plateaux radio, télé, mais Charles aussi s'y est fermement opposé, ce qui m'a vraiment soulagée.

Je n'ai pas encore envoyé de nouveau message à Marceau, pas trouvé le temps. Pourtant, j'ai des choses à lui raconter. Pas l'adresse exacte de la nouvelle piscine aux civelles, parce que, comme une idiote, j'ai totalement oublié de regarder la position GPS sur mon portable, et je n'ai pas reconnu la zone pavillonnaire. Pour *Le Bureau des légendes*, on reviendra… Mais Lucas laisse désormais son téléphone de guerre traîner dans son appartement – ce qui m'a permis de récupérer son numéro, un jeu d'enfant. Je ne sais pas encore si je vais le communiquer aux gendarmes, contrairement à l'autre numéro que j'ai noté, celui qui est inscrit sous un nom de code énigmatique : *rooftop*. Lui, je suis sûre qu'il intéressera mes « anges gardiens ». Terrasse sur le toit. J'ignore pourquoi, je suis convaincue que c'est le numéro du client chinois de Paris.

Les Dupont & Dupond aussi sont restés en retrait. Le fait que les Royer soient au centre des attentions ne leur plaît pas trop, évidemment. Nolween a convaincu Louise de sortir des bras tentaculaires de David et de s'embarquer dans l'aventure solidaire. La première de la classe occupe la fonction de *community manager* du #Zellython et, comme d'habitude, elle assure un max.

Plusieurs heures avant le top départ de la chasse aux trésors, les premiers hashtags ont fleuri aux quatre coins du monde. Les dons ont commencé à affluer. Fuseau horaire oblige, ce sont des surfeurs tahitiens qui ont ouvert le bal. À mesure que le soleil se levait sur le continent asiatique, d'est en ouest, les Bretons en exil ont secoué la planète, balançant des *stories* ou des *live* complètement dingues, récolté en moins de trois heures plusieurs milliers de dollars. Les hashtags ont rejoint l'Europe frappé l'Allemagne et l'Italie, mais aussi la Suède, la Norvège…

On a l'impression que toute la planète tourne autour de notre Zellython. C'est sûr et certain : plus rien ne sera comme avant.

Il ne pleut pas, c'est déjà ça.

La chasse aux trésors peut commencer.

Nolween, la trentaine de *youls* – « bénévoles » en breton – et moi tenons un parapluie vert, fermé, à la main. Sur la ligne de départ. Sous la porte Saint-Michel. La cité grouille de milliers de chasseurs, petits et grands. 76 étapes, 76 énigmes. Ils ont téléchargé l'application Zellython, se sont inscrits moyennant dix euros, et ont eu accès à des cartes interactives et des indices. Ils attendent avec impatience que…

Nous ouvrons les parapluies ! C'est parti !

Je manque de me faire écraser, les gens sont pressés de s'attaquer aux énigmes qui vont les conduire d'un louis à un autre, jusqu'à la mer un rien déchaînée ce matin.

Un traceur GPS a été placé sur chaque (faux) louis d'or. La quête est facile, un jeu d'enfant. Ahmed a installé un bureau dans son van technomade. Sur deux écrans placés côte à côte, il contrôle la position de chaque chasseur grâce à la géolocalisation. C'est un truc de dingue, tout le monde est…

Fliqué.

Comme moi en ce moment, peut-être, par mes agents traitants, ce qui me fait…

Flipper. Encore plus.

Je monte dans le vieux camion bourré de câbles et d'électronique. Ahmed me demande si ça va.

– Ça va le faire, je bredouille alors que le van roule lentement en direction des Maisons-Brûlées, un hameau situé en bordure des marais salants de Guérande.

Le véhicule double des dizaines d'individus qui, en marchant ou en courant, convergent vers la première étape tout en répondant sur l'appli à l'énigme numéro 1 : *Sur combien d'hectares s'étendent les marais salants ?*

Ahmed me remercie pour cette idée, vraiment. Il rêvait de pouvoir participer, se rendre utile, il pense même créer une start-up pour réaliser d'autres chasses aux trésors, pas pour le fric, non, juste pour éveiller les consciences de façon ludique et en apprenant des choses.

Le premier louis d'or a été découvert. Sur l'écran, la balise GPS « Louis 1 » quitte Les Maisons-Brûlées, file vers l'est, en direction de la plage sud de La Turballe. Sur les réseaux, des dizaines de photos et vidéos montrent l'heureux gagnant, un homme d'une trentaine d'années, tout sourire, son louis autour du cou, comme une première médaille d'or décernée par les 1 400 hectares de marais – la bonne réponse à l'énigme numéro 1. Il s'appelle Jéhan, et il reçoit aussitôt des propositions de mariage sur les réseaux.

La journée passe à la vitesse de la lumière, arrosée finalement par une fine bruine qui fait le charme de ce pays où, comme on dit : « Il ne pleut que sur les cons ! » C'est Jéhan qui rafle plus de la moitié des louis, et arrive le premier à la destination finale : la plage du Palandrin, là où, pour moi, tout a commencé. Là où des tonnes d'algues attendent d'être ramassées, même si elles ont été poussées par de puissants tracteurs et rassemblées en petites pyramides près de la dune.

Symboliquement, le louis numéro 76 a été placé sur la frontière départementale entre la Loire-Atlantique et le Morbihan. Entre les régions Bretagne et Pays-de-la-Loire. Au pied d'une des quatre pyramides à l'odeur pestilentielle, interdite aux curieux et aux chercheurs de trésors. C'est écrit en gros, en blanc sur plusieurs bâches noires faiblement éclairées par le soleil couchant : *Danger de mort.*

Je n'ai pas envie de rester au milieu de la foule, je monte sur la dune. À une dizaine de mètres au-dessus du sable et du ressac, j'observe d'un côté les chasseurs de trésors qui arrivent par les sentiers, s'égayent sur la longue plage, et de l'autre les huit tracteurs affairés à ramasser les algues.

L'un d'eux est conduit par Romain – Lucas m'avait prévenue. Comme quoi on peut participer à une manifestation pacifiste, être paysan, agriculteur et fils d'agriculteur, fier du sel de son pays, respectueux de la nature et… braconnier. Ce n'est pas simple de lutter contre les traditions. Et ce n'est pas moi qui vais m'étonner des paradoxes.

Un hélicoptère et une vingtaine de gendarmes surveillent la scène. Les gyrophares des huit tracteurs quittent la plage, direction la déchetterie de Muzillac, un bourg situé de l'autre côté du barrage d'Arzal. C'est là-bas que l'usine sera construite, les algues broyées, mélangées avec d'autres déchets organiques pour obtenir du compost. L'usine qui fera l'honneur et le bonheur des Royer, on croise les doigts. La nouvelle société, en tout cas, a déjà été créée en quatrième vitesse : Les Déchets de l'Atlantique.

D'ailleurs, Colette Royer arrive pour remettre le chèque de 10 000 euros à Jéhan, la star du jour, qui, auréolé de son statut de #Louis76 sur les réseaux, en fait don au Zellython sous les applaudissements de plusieurs milliers de personnes.

Nolween me rejoint sur la dune.

– J'ai deux secrets à te confier, murmure-t-elle.

Nolween, ses secrets, sa capacité à créer du suspense, partout, tout le temps.

– Je t'écoute…

– Tu sais qui a gagné la chasse aux trésors ?

– Un certain Jéhan, c'est ça ? Connais pas, et toi ?

Je le cherche des yeux dans la foule, sans succès. Je revois mentalement les photos et vidéos que j'ai aperçues sur les réseaux. Front large, cheveux longs et blonds, attachés en queue-de-cheval, des yeux clairs. Un mec gai, souriant, qui semble croquer la vie. Est-ce un type célèbre, une star de la télé, du ciné, un bloggeur ? Ça pourrait expliquer le succès phénoménal du Zellython, qui en est désormais à plus d'un million d'euros de dons.

– Tu vas me dire que ce n'est pas possible, reprend Nolween, mais je te jure que c'est vrai.

– Allez, accouche, la nuit va tomber, je marmonne, emmitouflée dans ma parka.

– Le Jéhan, c'est celui qui t'a sauvé la vie.

– Le randonneur qui m'a trouvée… ?

– Oui, qui t'a trouvée ici, précise-t-elle en jetant un regard sur la plage.

– Comment tu le sais ?

– C'est lui qui me l'a dit. Je ne vois pas pourquoi il me mentirait.

Et je ne vois pas pourquoi Nolween me mentirait. Il faut que je le retrouve, que je le remercie. C'est étrange, dans la vie, notre besoin de nous raccrocher à des héros, et la manière avec laquelle certains d'entre nous endossent sans problème ce costume. Et moi, suis-je une héroïne ? Vais-je réussir à sauver tout le monde ? Une chose est sûre : comme certains super-héros, j'ai ma part d'ombre. Est-ce que cela m'empêche de faire des choses bien ?

– Et le deuxième secret ? je demande.

– Tiens, me dit-elle, essoufflée. Mais on en reparlera plus tard.

Elle me tend un bout de papier, plié en quatre. Petits carreaux. Ses yeux brillent d'une lueur impossible à cerner.

Je déplie la feuille, ne sachant vraiment pas à quoi m'attendre. Et ce que je lis m'étourdit.

CHAPITRE 20

PIÈCES EN SÉRIE

J'ai franchi la porte de l'hôpital presque en courant, adressé un sourire à l'hôtesse d'accueil, poussé trois portes au rez-de-chaussée, enfilé ma tenue de cosmonaute pour me rendre au chevet stérile de mon frère. Je porte une charlotte sur les cheveux, des surchaussures, une blouse, des gants, un masque… J'ai pas mal de choses à dire à Jez, mais je ne dois pas traîner. Quelque part dans la ville, un faux couple est en route pour la cité sanitaire afin de me rencontrer. Marceau a tout de suite répondu à mon texto. Et, cette fois, je n'ai pas de « mini-légende », pas de livres dans mon sac à dos, rien si ce n'est un article que j'ai découpé au Café qui tient chaud, un peu plus tôt, alors que Nolween et moi faisions le bilan *dreistordinal* – extraordinaire – du Zellython… Ça faisait les gros titres de *Ouest-France* ce matin : *Kengred! « Solidaires! »*

Pas besoin de légende, pour l'instant. Il est normal que je vienne à Saint-Nazaire, rendre visite à mon frère. J'ai pour premier réflexe de le remercier de me faciliter la tâche, de m'offrir un alibi en béton. Puis je me rends compte que c'est complètement débile.

– Si tu n'étais pas là, je n'aurais pas besoin d'alibis en béton, ni de cramer mes journées à me faire un sang d'encre.

Je regarde ma montre, rendez-vous dans trente minutes à la cafétéria du centre hospitalier. Au cas où je croiserais quelqu'un, donc, il ne sera pas difficile d'expliquer les raisons de ma présence. Par contre, pour expliquer pourquoi je discute avec le « faux couple », il faudra que j'improvise. On verra…

Je commence la lecture de l'article à voix haute :

« *Faire confiance, c'est poser comme point de départ que l'on ne sait pas. Mais il faut prendre pour cela le risque de se faire confiance, d'abord à soi-même, avoir foi en ses capacités de réflexion et d'action le moment venu, ensuite les uns envers les autres, sans pratiquer de procès d'intention, sans prétendre que l'on sait bien ce que l'autre a derrière la tête, sans refuser de donner du crédit à la parole.* »

Si je lis cet extrait à Jez, c'est parce qu'il me semble être au cœur de notre problème. Mon jumeau est dans le coma parce qu'il ne faisait plus confiance ni à lui-même, ni aux autres. Et il n'avait plus confiance en moi. Il a imaginé ce que j'avais derrière la tête : abandonner ma famille pour Lucas, tirer un trait sur nos souvenirs pour me marier avec le diable. Ce n'était pas complètement faux, mais, tout de même, ça l'a amené à délirer. Et plus il délirait, plus il dérivait, plus il fumait, plus il imaginait. Le pire. C'est ce que je comprends aujourd'hui, surtout depuis que j'ai lu le mot que Nolween m'a écrit sur sa feuille à petits carreaux et que, ce matin, elle m'a tout expliqué.

– Mais c'est mal nous connaître, Jez, notre bal des chromosomes, ce n'est pas rien, ça n'a jamais été rien.

Je sors mon smartphone et mes écouteurs. *Sailing* de Rod Stewart : c'est le slow sur lequel Mammig et Tatig se sont embrassés pour la première fois.

Can you hear me ? Can you hear me ?
Trough the dark night, far away
I am dying, forever crying
To be with you, who can say ?

Je glisse un écouteur dans l'oreille de mon frère, l'autre dans la mienne.

We are sailing, we are sailing
Home again,
Cross the sea,
We are sailing
Stormy waters
To be near you
To be free…

J'appuie sur « pause », les larmes vont déborder, je n'avais pas écouté ce morceau depuis des années.

Je raconte à Jez le succès de la chasse aux trésors, le vainqueur, Jéhan, le héros que je n'ai pas réussi à retrouver, je m'en veux, la vente aux enchères des 76 louis d'or, qui a rapporté plus de 100 000 euros, presque cinq fois leur prix, l'incroyable défi relevé par Nolween et ses *youls*.

Je m'approche de ses lèvres, lui donne notre baiser des jumeaux, avant d'aborder le sujet qui fâche.

Le serment du FLOU.

Voilà le sujet évoqué par Nolween sur le bout de papier à petits carreaux. Elle ne m'en avait pas parlé avant, car elle craignait, a-t-elle dit, de trahir le Front.

– Ton Front à deux balles, Jez.

Ce serment est très simple : si l'un des membres du FLOU est tué, il sera vengé. C'est d'ailleurs la conclusion de la lettre anonyme. *On vengera Jez. On vengera Torka.*

– Tu vas me dire, Jez : « Mais je ne suis pas mort. Du moins, pas encore. » Non, mais Torka l'est, et ça suffit à nos potes d'enfance pour se venger.

C'est pour ça que Nolween s'est décidée à m'en parler. Elle s'est retirée du FLOU, comme elle me l'a dit. Mais, pendant les préparatifs de la chasse aux trésors, Louise s'est confiée. Celui qui vengera Torka a été tiré au sort. *Celle* qui vengera Torka. Car c'est sur Louise que le sort est tombé. Et moi, je tremble d'effroi et de rage à l'idée qu'elle puisse s'en prendre à Lucas.

– Qu'est-ce que vous aviez derrière la tête, Jez ? Qu'est-ce qu'ils vont faire ?

Évidemment, j'ai bombardé Nolween de questions : Qui ? Où ? Comment ? Quand ? Elle a juré sur la tête de son père qu'elle n'en savait rien. Tout ce qu'elle sait, c'est qu'il est question de « souhaiter la bonne année ». David aurait même dit : « Rien ne presse. La vengeance est un plat de civelles qui se mange froid, à la Saint-Sylvestre. »

Faire confiance, c'est poser comme point de départ que l'on ne sait pas.

Je fais confiance à Nolween. C'est la boussole qui doit me guider. Seulement, ça ne répond pas à cette question : dois-je avertir les gendarmes de ce qui se trame ?

– Qu'est-ce que tu ferais à ma place, Jez ? Question stupide : jamais tu n'aurais pu te retrouver à ma place.

Je l'embrasse de nouveau, en frissonnant. Pas le temps de tergiverser. Là, tout de suite, j'ai rendez-vous à la cafétéria de la cité sanitaire.

J'enlève mon habit de cosmonaute, jette un coup d'œil à mon portable. Message de Marceau :

Installe-toi à la table la plus isolée.
On viendra te parler du Zellython.

Maintenant, j'ai une mini-légende. Tout de même, j'ai toujours une peur bleue de croiser un ami, un cousin dans les couloirs de l'hôpital – du côté des Kervegan, on frôle la cinquantaine.

J'entre dans la cafétéria, repère le « faux couple » assis face à face dans un coin, je vais me commander une boisson et m'installe à quelques tables d'eux. Ils attendent une poignée de minutes avant de se lever et de me rejoindre. On échange un hochement de tête en guise de bonjour. Ils ne cessent de regarder à droite, à gauche, comme s'ils n'étaient pas très à l'aise. Un comble. Ont-ils peur pour leur sécurité ou la mienne ? Ça me fait flipper, mais je garde confiance, c'est le maître-mot de la matinée. Rien ne peut m'arriver en leur présence.

– Tu n'as pas été suivie ? demande la major pendant que l'adjudant reçoit un coup de fil, se lève et s'excuse d'une main, l'air inquiet.

– Non, je ne crois pas, je sors de la chambre de Jez…

– Comment va-t-il ?

– J'ai confiance, dis-je avec un bref sourire.

L'adjudant vient se rasseoir, adresse un mouvement de menton affirmatif à sa camarade d'armes.

– J'ai plusieurs infos à vous donner, je commence timidement.

– OK, va à l'essentiel, lâche Marceau avec un air sévère que je ne lui avais jamais vu auparavant.

Il y a un souci, c'est certain. Un sentiment de panique m'envahit lorsque je range mentalement les trois informations que j'ai prévu de leur transmettre. Je garde la quatrième sous le coude, pour le moment.

– Il y a une semaine, j'ai participé à un voyage entre l'entrepôt des Marées de l'Atlantique et le nouveau vivier clandestin.

– Avec qui ? interroge la major.

– Lucas et Romain.

– Romain Arnoult ?

J'opine lentement. Je suis une traîtresse, je balance mon amour et son pote qui vient d'organiser le ramassage des algues tueuses sur la plage. Je n'ose pas regarder les gendarmes dans les yeux, c'est terrible.

– Je n'ai pas l'adresse exacte, mais je…

– Ce n'est pas la peine, me coupe la major. On la connaît.

– Vous…

– Oui, assure Marceau. Pour ta sécurité, on ne te donne pas plus de détails. J'ai juste une question : as-tu senti que quelque chose n'allait pas ?

Je réfléchis dix secondes.

– Non… Le seul truc chelou, c'était le barrage des douaniers, en pleine nuit. Mais il n'y avait plus de civelles dans le fourgon, à ce moment-là.

– C'était une mise en scène, annonce Marceau.

– Comment ça ?

Il regarde sa collègue, elle fait non de la tête. Il insiste, fait oui. Elle finit par accepter.

– Le barrage, dit-il, c'est nous qui l'avons organisé.

– Avec la complicité des douaniers, ça nous arrive de travailler ensemble, ajoute Victoire Redord.

– Ça veut dire qu'on était suivis depuis le début ?

– D'une certaine façon, oui, élude la major.

– Mais alors, à quoi ça sert que je vous donne des infos si vous me faites suivre ? Et pourquoi vous me faites flipper comme ça ?

– C'était vraiment très impressionnant, répond-elle soudain. Et ce sont seulement des jeunes qui ont tout organisé ?

J'écarquille les yeux. Sous la table, je sens un pied qui frotte ma jambe, reçois un texto de Marceau. Je ne l'ai même pas vu le taper.

Le chauve a des oreilles d'éléphant et des yeux de lynx.

Je jette un coup d'œil discret. Un homme chauve, d'une cinquantaine d'années, s'est installé à la table voisine. Je me retiens d'éclater de rire, c'est nerveux, et je ne sais pas ce que je dois répondre. Qui est le chauve ? Un ami des Royer ? Mon cœur se met à palpiter.

À côté de nous, l'homme verse lentement trois sachets de sucre dans un café allongé.

Face à moi, Marceau sourit. Comme jamais. Il veut me rassurer et m'inciter à donner la réplique.

– Oui, tout à fait. Mais on a grandi avec les réseaux sociaux : on sait comment s'en servir…

La major m'interrompt, entame un monologue vantant les mérites de notre jeunesse engagée. Elle parle des marches pour le climat, sort des noms d'associations, des chiffres qui montrent à quel point le sujet la passionne. Pendant ce temps, Marceau scanne les traits de mon visage tel un appareil de reconnaissance faciale, tout en surveillant le chauve d'un œil et en complétant de façon parcimonieuse le discours de sa collègue.

Les minutes passent, Marceau prend le relais, me propose leur participation aux actions à venir. Il ne s'arrête de parler que lorsque le voisin se lève enfin, s'approche de la major, sort une cigarette d'un étui doré et lui demande du feu. Victoire lui répond avec le plus grand naturel :

– Il ne me semble pas qu'on ait le droit de fumer dans un hôpital.

L'homme hausse les épaules, balance qu'elle ne l'emportera pas au paradis, et quitte la cafétéria, la cigarette à la bouche.

– C'est qui, ce mec ?

– Sans doute quelqu'un venu boire un café, réplique Marceau.

– Non, mais sans rire : c'était vraiment un espion ?

– Non, je penche plutôt pour un pervers, déclare l'adjudant. Mais ne t'inquiète pas, on va vérifier. À l'avenir, essaie de mettre moins d'une minute pour entrer dans le jeu de la légende.

– Ce n'est pas facile…

– Si. C'est très facile pour toi, me rabroue la major. Sinon on n'aurait pas misé sur toi. Ne te sous-estime pas.

La voix de Romain me revient à l'esprit, s'adressant à Lucas dans le fourgon après le contrôle des douaniers : « C'est comme si on nous avait suivis, et qu'on voulait nous mettre un petit coup de pression, tu vois ? » Comment a-t-il deviné ?

– Où en étions-nous ? demande Victoire Redord comme si elle lisait dans mes pensées. Ah oui, le barrage douanier. On a fait contrôler le fourgon, au retour, pour savoir si tu étais toujours dedans et si tes deux camarades avaient bien tout balancé dans la piscine.

– Pourquoi ils ne l'auraient pas fait ?

Elle me regarde, l'air déçu. Je ne dois pas comprendre assez vite.

– On va parler clairement, reprend Marceau. On n'en est pas certains à cent pour cent, mais on pense que les Royer ont décidé de tendre un piège à ceux qui voudraient nuire à leur business une seconde fois…

– Détruire un autre vivier clandestin, poursuit la major. Le topo est simple : aidé de Romain, qui remplace le fidèle Clovis, Lucas installe une piscine dans une zone pavillonnaire, à l'abri des regards, facile d'accès. Tout en prenant leurs précautions, les deux amis font un voyage, balancent des civelles…

– Mais pas trop, précise Marceau.

– Ils installent des caméras, se planquent à l'extérieur de la villa, et attendent que les renards poussent la porte.

J'imagine les Dupont & Dupond en train de se faire massacrer à coups de batte de base-ball par Lucas et Romain. Il faut vraiment que j'arrête de me faire des films d'horreur, je vais finir par ne plus dormir du tout.

– Mais… pour les Royer, le problème est réglé, j'objecte. Ils sont sûrs que ce sont des Rennais qui ont fait le coup. Romain les a retrouvés et les a défoncés…

– Klervi, tu sais bien que ce n'est pas la vérité, assène Marceau. Ces Rennais n'ont pas détruit le vivier des prés salés de Mès. On sait tous, autour de cette table, qui l'a fait.

– Mais…

– Vu la tournure des événements, me coupe-t-il, je te conseille de nous donner les noms des membres du FLOU…

– Ils risquent de finir en bouillabaisse, insiste la major. C'est pour leur sécurité, je t'assure. Et la tienne.

Je reste silencieuse.

– C'est là où on voulait en venir, Klervi : les Royer t'ont tendu un piège.

– Moi ? Mais comment ? Pourquoi ?

– Lucien Royer est connu dans le milieu des braconniers pour ne rien laisser au hasard. C'est ce qui fait sa force, paraît-il. Il t'a parlé de la destruction du vivier, n'est-ce pas ?

Je perds pied, je vais vraiment me noyer dans le verre d'eau posé sur la table blanche. Bordel, qu'est-ce que je fiche dans cette galère ? Je réfléchis, repense à l'anniversaire de Colette, refais le match que j'ai pourtant remporté haut la main.

– Juste avant que Lucas m'emmène au nouveau vivier, Colette Royer m'a demandé ce que je trafiquais dans leur dos.

– Mot à mot ?

– Oui. J'ai vraiment eu peur, mais j'ai réussi à me sortir…

– … du piège, le premier, note la major. Bravo.

– Euh… je ne sais pas si c'était le premier, mais, en tout cas, elle m'a demandé si c'était moi qui avais indiqué l'emplacement du vivier à mon frère. Lucien était de mèche avec elle. Heureusement, Lucas a pris ma défense, il a parlé de Romain, de son voyage à Rennes, en précisant que le problème était déjà réglé.

Je plisse les yeux, comme pour mieux me souvenir.

– Colette m'a aussi parlé…

– De la lettre anonyme ? propose Marceau. C'est ça ?

– Oui, dis-je, impressionnée par sa faculté de déduction. J'ai répondu : « Quelle lettre ? », j'ai fait l'idiote, et c'est là que je leur ai dit la vérité…

– Quelle vérité ?

Ils échangent un bref coup d'œil.

– Eh bien, je leur ai dit ce que je trafiquais dans leur dos…

– Tu plaisantes ?

La voix de Victoire Redord est montée dans les aigus. Pense-t-elle vraiment que je me suis dénoncée ? Elle me prend pour qui, la major ?

– Non, je réponds par pure provocation.

Après tout, tout le monde me teste. Pourquoi je n'en ferais pas autant ? Long silence. Si j'en crois ce que j'ai lu sur le Net, il est déjà arrivé, en France, que des agents traitants lâchent un informateur dans le vide, à lui de se débrouiller, seul et sans parachute, pour ne pas s'écraser au sol. C'est l'occasion de voir à quel point ils sont solidaires avec moi. Ils se mettent à parler à voix basse, j'entends juste quelque chose du style : « Ça dépasse nos prérogatives. » Quelles prérogatives ? Je prends peur, me ravise.

– Évidemment que je n'ai rien dit à notre sujet, je grommelle. Si c'était le cas, vous pensez que je serais là ? Ce que j'ai dit aux Royer, c'est que je voulais les associer au Zellython, faire d'eux de grands donateurs pour la cause écologique. C'est là que Colette a arrêté son délire. Elle a dit que c'était une blague, juste une blague !

Je n'ai jamais vu mes agents aussi perplexes.

– Une blague ? Comme celle que tu viens de nous faire ? demande Marceau. Je ne comprends plus rien à ce que tu racontes. Tu es sûre que tout va bien ?

Je hoche la tête.

– En fait, je poursuis, Colette et Lucien m'ont testée, à leur façon. Mais je leur ai montré que je pouvais être fidèle à eux et à mon frère en même temps. À partir de là, il n'y a aucune raison que je les trahisse. Aucune raison qu'ils s'imaginent…

– … que tu es notre source, avance Marceau.

– Exact.

– Sauf, ajoute la major, si Lucien Royer a encore un doute.

– Pourquoi ?

– Tout ce que tu nous dis là, Klervi, me rassure beaucoup. Ça conforte ce qu'on pense : ils testent leurs appuis. Mais tu n'es pas en danger… contrairement à ce qu'on craignait.

– Pas encore, ajuste Marceau, une légère inquiétude dans la voix.

– Parce que tu t'en es sortie par une belle pirouette. Seulement, ce n'était peut-être pas suffisant pour convaincre complètement Lucien Royer…

– D'où le transport de civelles, le soir même, insiste Marceau, de l'entrepôt jusqu'à un endroit facilement accessible. Lucien Royer veut vérifier si cette nouvelle localisation va fuiter et évaluer par la même occasion ton allégeance au clan.

– On se croirait dans *Le Parrain*, là, je lâche sans réfléchir.

– Mais c'est une véritable mafia, Klervi. Et, comme dans les films, ce qui compte, c'est d'abord la famille, le sang et, en ce qui te concerne, l'alliance.

– Si le nouveau vivier est détruit, poursuit Marceau, tous les regards se tourneront vers toi, tu saisis ?

Un nouveau silence s'installe. Je n'arrive pas à croire que ce soit un piège tendu par Lucien. D'abord parce que l'idée venait de Colette – je l'ai vue chuchoter à l'oreille de Lucas. Ensuite parce qu'il aurait fallu que Lucas soit complice et que…

– Le balourd, je murmure d'une voix blanche.

– Tu veux parler du téléphone de guerre ? Lequel ?

– Celui de Lucas. Je l'ai trouvé ce soir-là, l'écran s'est éclairé devant mes yeux. Et si ce n'était pas par hasard ?

Marceau fronce les sourcils avant de regarder la major, qui opine du menton.

– Là, ce serait particulièrement vicieux, marmonne-t-elle.

Ses paroles me réconfortent un peu, je ne dois pas laisser la parano prendre le dessus sur la raison.

– Et trop risqué, dit l'adjudant tout en surveillant l'écran de son téléphone posé sur la table.

– De notre point de vue, précise la major, Lucas et Romain ne sont pas dans la combine, Lucien pilote seul, il cloisonne. Moins de personnes sont informées, mieux il se porte. C'est une loi de tous les trafiquants, de drogues, d'armes ou de civelles.

Je repense aux cinq piles de rouleaux de papier, bien rangés dans ses toilettes. Autant de femmes qui sont informées qu'elles se partagent l'intimité d'un seul homme. Un drôle de cloisonnement !

Marceau joint les mains, se rapproche légèrement :

– Puisqu'ils t'en ont parlé, les Royer ont certainement mis la main sur une copie de la lettre anonyme. On sait qu'ils ont des yeux et des oreilles dans les mairies de la presqu'île et ailleurs.

– Au ministère de l'Agriculture, par exemple ?

– On ne peut rien te cacher, acquiesce la major.

– Ce qui explique le doute à ton sujet, enchaîne Marceau. Est-ce toi qui as donné à ton frère l'adresse du vivier détruit ? En te mettant dans le fourgon, entre Lucas et Romain, Lucien attend de voir comment ça va se passer…

– Et il y a deux options, poursuit la major. Soit le vivier numéro 2 est détruit, ce qui permet aux Royer d'identifier le commando avec certitude, grâce par exemple aux caméras de surveillance ou en le prenant en flagrant délit. Soit les gendarmes interviennent…

– Et là, ajoute Marceau, Lucien Royer détient la preuve que Klervi Marzan est du côté des autorités, une traître à la cause de la mafia des civelles.

– Mais pourquoi je ferais ça, d'après eux ?

– Pour les mêmes raisons que celles qui animent les membres du FLOU, assure la major. Qui plus que toi pourrait vouloir se venger de ce qui est arrivé à ton frère et à ton cheval ? Qui d'autre pourrait donc « balancer », comme ils disent, aux gendarmes qui sont mobilisés sur l'enquête ?

C'est clair comme de l'eau de roche : Lucien veut s'assurer que son entourage lui est fidèle, et Colette aussi, sans doute.

– Lucien Royer, reprend Marceau, pourrait même pousser le vice jusqu'à retirer le nouveau vivier de la villa, pour qu'on tape dans le vide. Tu as vu le film *Heat* ?

– C'est le film préféré de Lucas.

– Tu te rappelles la scène où Al Pacino, le policier, arrive avec son équipe au milieu des containers ?

– C'est là que le flic se rend compte qu'il s'est fait manipuler, c'est ça ? Il regarde partout, il sait que De Niro l'observe, mais il ne le voit pas. Trop fort.

– C'est exactement ce qui nous attendait si on n'avait pas anticipé le coup tordu de Lucien Royer.

J'ai l'impression de revenir au point de départ, d'avoir fait tout ça pour rien.

– Alors, vous croyez qu'il faut que j'arrête la mission ? je demande d'une petite voix.

L'adjudant glisse un mot à l'oreille de celle qui commande la cellule spéciale. Le temps ne m'a jamais paru aussi long. Si ma mission s'arrête déjà, qu'adviendra-t-il de moi ? Je me vois avec les menottes, j'imagine les titres des médias, la tête de ma mère, les yeux ronds de Charles, les larmes de Nolween…

– Non, répond Marceau, au contraire. Sans toi, on serait tombés dans le piège, tu as réussi à éloigner partiellement le danger. Mais, à partir d'aujourd'hui, mets-toi dans la tête que tu ne pourras plus jamais faire marche arrière, et fais bien attention à Lucien et, dans une moindre mesure, à Lucas, ils ne doivent pas avoir le moindre doute sur toi. Et une dernière chose…

– Oui ?

– Confie toutes les rênes du mouvement Marée verte à ta copine Nolween Fauvelle. Tu dois vraiment rester dans l'ombre jusqu'à ce qu'on tape le clan Royer, compris ?

CHAPITRE 21

LOYAUTÉ

Je leur ai filé le numéro de Lucas, celui, probablement, du client chinois, les noms et prénoms des Dupont & Dupond du FLOU, je leur ai tout donné à l'exception du prénom de celle qui a été tirée au sort. Je ne sais pas trop pourquoi. Peut-être pour respecter la confidence de Nolween, la seule sur laquelle je peux me reposer. Peut-être parce que j'espère dissuader Louise de commettre l'irréparable. D'ici janvier, c'est réalisable, non ?

En sortant de la cafétéria, je suis allée pleurer toutes les larmes de mon corps aux toilettes. MESSIEURS. Pour ne pas être espionnée par la femme qui m'a devancée d'un pas assuré, m'a tenu la porte des W-C DAMES en me balançant un « Belle journée, n'est-ce pas ? » qui m'a fichu la trouille. Parano ? Sans doute. Qui ne le serait pas à ma place ?

Le soir, chez Lucas, pour la première fois, je ne me sentais pas du tout à ma place. J'ai tenté de dissimuler mes angoisses derrière de l'humour. Les blagues, même à deux balles, sont devenues mon antidote contre la paranoïa. Je les cherche sur Internet, les apprends par cœur et les balance comme des rafales de kalachnikov. Lucas est bon public : il rit à gorge déployée.

Ce soir-là, il m'a annoncé :

– Demain, j'ai un rendez-vous de travail à Paris. Ça te dirait de m'accompagner ? Je voudrais en profiter pour te faire une surprise. C'est bientôt Noël…

Bien sûr, j'ai accepté.

Avant de partir, au petit matin, je suis allée revoir Jez. Pour balayer la peur de le perdre, je lui ai parlé d'une théorie martelée par notre père autrefois.

La loi du plus faible.

J'ai fouillé dans mon portable, retrouvé le fichier audio, posé un écouteur dans l'oreille de Jez, l'autre dans la mienne. J'ai bien fait d'enregistrer mon père, à son insu, avant qu'il parte pour combattre le feu.

Play, papa.

« *Quand j'ai commencé la pêche au large, je n'avais aucune expérience. J'étais costaud, plein de muscles, mais j'étais le plus faible, jamais à l'abri de me faire emporter par une déferlante. Ce que les autres te font comprendre, très vite, ce n'est pas que tu es le plus faible – ça, c'est évident. Ils te font comprendre que s'ils ne t'aident pas, s'ils te laissent à ton ignorance, alors le bateau coulera. Par contre, s'ils t'apprennent à surmonter les obstacles, à rejeter les menaces à la mer, alors l'équipage tout entier gagnera, reviendra les cales pleines, pour le plaisir de ceux qui sont à terre. Fidèles. Loyaux. Sincères. Sur la mer, partout ailleurs, souvenez-vous-en, les enfants, on dépend tous du plus faible et on se doit de le rendre fort, parce qu'on est tous fragiles, au fond, à la merci d'un événement imprévisible, d'une tempête, d'un tremblement de terre, ou même d'un regard de travers. Ce qui compte le plus dans la vie, c'est la fragilité. Si on ne se sent pas fragile face à la mer, est-ce qu'on peut la prendre ? Non. Si on ne se sent pas fragile en amour, est-ce qu'on peut aimer ? Non. Et pourtant, c'est l'amour, et lui seul, qui nous permet de résister à toutes les épreuves...* »

C'est débile, mais j'ai pleuré de bonheur, ma charlotte sur la tête, en écoutant mon père. J'ai associé Jez et Nolween à nos rêves de grand large, à Lucas et moi. Je nous ai imaginés mettant le cap sur les Sargasses, de l'autre côté de l'Atlantique, tous les quatre sur le pont, sourires et cheveux au vent, tous solidaires du plus faible : un frère revenu d'un long coma, sain et sauf.

J'ai compris aussi tout à coup pourquoi Colette a demandé à Lucas de ne pas faire l'amour avec moi avant le mariage. Ça peut paraître rétrograde, *has been*. En réalité, ça n'a rien à voir avec le sexe, elle sait très bien que Lucas pourrait mentir, droit dans les yeux, et même jouir de la transgression. Après tout, c'est ce qu'il fait en trafiquant les civelles. Mais, dans un genre différent, Colette est du même tonneau que mon père, c'est une fille de la mer. L'équipage est sa force. Lucas, c'est le plus faible. Pour le rendre fort, elle l'a mis au défi de s'abstenir sexuellement pour une raison qui me paraît soudain évidente : si on ne se sent pas fragile en amour, est-ce qu'on peut aimer ? Non. C'est la force de notre amour qu'elle teste. J'ajouterais un autre refrain, de ma mère cette fois : quand on donne sa parole, il faut savoir ne pas la reprendre. Sinon, on coule.

J'en reviens toujours à la Sainte Famille.

C'est à ça que je pense en admirant les toits de Paris, vert-de-gris, depuis le *rooftop* de l'appartement des Royer, un cinq pièces sur trois étages qui vaut son pesant d'or. J'attends que la tour Eiffel s'illumine comme un enfant devant un sapin de Noël. Lucas va arriver et me dire…

– Tu es prête ?

– Attends une seconde, s'il te plaît.

Il s'approche, m'entoure de ses bras, son parfum est trop sucré à mon goût.

Je jette un œil sur mon portable, plus que dix secondes.

– Ferme les yeux et fais un vœu, maintenant. Vite !

Il joue le jeu à moitié, en ne fermant qu'un œil, filou comme toujours. La tour Eiffel se met à scintiller de mille feux.

– Fait !

Je me tourne, l'embrasse avec fougue.

– On y va ?

Ma robe noire danse dans l'escalier qui nous porte vers le plancher des vaches, je mets mes chaussures à talons, mon manteau noir, en me regardant dans le miroir de l'entrée de l'immeuble haussmannien. J'ignore où on va. Surprise.

Dans le taxi, Lucas écoute ma dernière vanne, on rit aux éclats, main dans la main.

– C'est l'histoire d'un type qui veut s'engager dans la marine. À la caserne, un gradé lui demande : « Vous savez nager ? » « Pourquoi ? répond le type, les yeux aussi ronds que des hublots, y a pas de bateau ? »

Le chauffeur se marre tellement qu'il brûle le feu orange et manque d'écraser un cycliste. Le coup de freins me casse un peu la nuque, mais relance notre fou rire.

Le véhicule s'arrête devant le parc des expositions, porte de Versailles. Lucas vient m'ouvrir la portière, me glisse un mot à l'oreille :

– Surprise !

Sur la façade illuminée du parc, six lettres me permettent de comprendre. *Nautic*. Le Salon nautique international de Paris. Nous allons toucher notre rêve du doigt : repérer notre futur bateau. Nous préparer à partir.

Carte VIP autour du cou, c'est classe, on marche presque sur l'eau en entrant dans le Salon. Lucas ne sait plus où donner des yeux, il papillonne d'un navire à l'autre, parle tout seul, fait presque le tour du champ lexical maritime, je me moque gentiment, il me snobe tendrement.

Dans les allées, on se fait doubler par des individus circulant en trottinette électrique, ou en paddle à roulettes, certains portant un masque de réalité virtuelle sur le visage, on passe de la science-fiction à la basse réalité en découvrant les œufs de Monique, la poule qui a fait un tour du monde en voilier. On croise des artistes, des hommes politiques, des skippers célèbres, entourés de caméras, portables ou micros perchés. On monte sur des yachts de dingue, des catamarans de course.

Lucas jette son dévolu sur un yacht de cinquante pieds, équipé d'un bar cuisine et d'un immense bain de soleil. On grimpe gracieusement sur le pont principal, une baie latérale, blindée, sépare le bar du cockpit. Puis on rejoint le pont inférieur où nous attendent trois cabines, deux salles de bains, une chambre, devant, qui permettra à nos invités d'admirer la Voie lactée à travers une vitre blindée.

Lucas a des étoiles dans les yeux. Mais il redescend sur terre lorsqu'il dit :

– Là, il va falloir taper dans notre trésor de guerre.

Notre trésor de guerre.

M'associe-t-il à ce « notre » ? Je ne sais pas où sont cachés les billets de 500 euros, repassés et emballés sous vide dans des plastiques pour prendre moins de place. J'hésite à le lui demander. Il ne me tend pas la perche, je l'ajoute à la liste « recherches » de ma mission secrète. Marceau serait fier de moi si je trouvais le magot. Ou alors, je change l'histoire : je remplace les billets par du papier journal, m'enfuis sur le cinquante pieds avec *notre* trésor de guerre, Lucas à ma gauche, Jez à ma droite, sain, sauf et requinqué, en train de chanter Rod Stewart : *We are sailing, to be free.* À vrai dire, je préférerais m'enfuir sur un voilier que sur un yacht. Mais bon, je ne vais pas faire la difficile.

Pendant que j'ouvre la baie latérale, Lucas sort discrètement un portable de la poche intérieure de la très belle veste qu'il a achetée un peu plus tôt sur le faubourg Saint-Honoré. Je l'aperçois dans le miroir, lui ne me voit pas. Je frissonne. Est-ce que son rendez-vous de travail est pour maintenant ? Je me garde bien de montrer ma curiosité, donne la main à Lucas. Il faut juste que je sois prête à improviser, prête à tout, tout le temps.

Nous descendons du bateau, traversons l'allée recouverte de moquette rouge, prenons les informations utiles. Sept chiffres pour devenir les heureux propriétaires du yacht. Vertigineux. Lucas n'a pas l'air plus troublé que ça. Il a l'air d'être passé à autre chose.

Il me désigne soudain un quatre-vingts pieds, le *Green Deal*, un bateau hors norme, hybride, propulsé à l'hydrogène. C'est du moins ce que lui précise une hôtesse au décolleté vertigineux. Je ressens soudain une violente pique de jalousie. Pourquoi suis-je frappée par ce sentiment, moi qui jusque-là y étais insensible ?

Lucas ressort discrètement le portable noir, jette un coup d'œil, le range. Je dissimule sous un sourire forcé la frayeur qui électrise ma colonne vertébrale : ce n'est pas le téléphone à clapet que j'ai trouvé chez lui, avant d'embarquer dans le fourgon des Marées de l'Atlantique, mais un portable noir, basique. Pourquoi a-t-il changé ? Et surtout, deux coups d'œil en moins d'une minute : est-ce le moment du rendez-vous ?

– Viens, me dit Lucas en me prenant la main.

Nous descendons un petit escalier, entrons dans un salon luxueux qui sent le cuir à plein nez. Là, il y a un homme, assis sur un canapé blanc, les jambes croisées, un léger sourire accroché à ses lèvres fines.

Le client chinois de Paris.

L'homme capable de lever une armée en baissant les yeux.

Ça ne peut être que lui.

Il porte des lunettes rondes aux verres légèrement fumés, bleutés, un costume gris chiné, cravate noire sur chemise blanche et des baskets blanches et or.

Qu'est-ce que je fais là ? Quand j'avais évoqué la possibilité de le rencontrer, Lucas m'avait répondu : « T'es folle ou quoi ? » Pourquoi a-t-il changé d'avis ? Est-ce parce que, depuis, j'ai été intronisée dans le clan ? Ou est-ce un nouveau test ?

J'ai le trac, je me force à sourire.

L'homme se lève lentement, ajuste ses manches, néglige Lucas pour s'approcher de moi. Si je le croisais dans la rue, je le reconnaîtrais au premier coup d'œil : il est aussi grand que moi, ses lunettes cachent un léger strabisme, un grain de beauté orne son oreille droite, et accessoirement il porte une chevalière dorée à tête de tigre. Un bijou facile à décrire à mes « anges gardiens ». Ce qui me surprend le plus, c'est qu'il est seul.

Il pose un doigt sur sa bouche tout en me détaillant de bas en haut, avant de lancer à Lucas d'une voix caverneuse :

– Qui est-ce ?

Je croise les bras, ne sais plus où me mettre. S'il voulait me déstabiliser, c'est gagné. Et pourtant, son attitude, inquiétante et condescendante, renforce la mission secrète que je me suis fixée : faire capoter le deal entre les Royer et lui. Le sortir de la vie de mon Lucas. Mais comment ?

– C'est Klervi, répond Lucas. Elle est mon associée, bientôt ma femme. Ça te pose un problème qu'elle soit là ?

Je suis impressionnée par le sang-froid de mon amoureux. Et mortifiée par le fait qu'il me présente comme son associée. Une partie de moi pense : « Bien joué, Klervi ! », tandis que l'autre imagine la tête de Marceau. La major et lui m'ont bien dit qu'il ne fallait en aucun cas que je participe au trafic. Mais là, je suis coincée.

– Ton oncle me vouvoie, reprend l'homme en repoussant légèrement ses lunettes sur son nez. Ne perdons pas de vue les bonnes manières. Je peux te parler seul à seul ?

– Pourquoi ? C'est quoi, ce plan, là… ?

Je pose la main sur le bras de Lucas pour le calmer.

– Je peux partir si…

– Pas du tout, Klervi. Mon oncle voulait un témoin. Il ne t'a…

Lucas s'interrompt, reprend :

– Il ne vous a pas prévenu ?

Voilà que je passe d'associée à témoin ! Et quand Lucien a-t-il prévu ce petit plan ?

– Ton oncle n'a jamais parlé de ça, et je ne vois pas à quoi servirait un témoin. Mais d'accord : puisqu'elle est là, elle va nous être utile. S'il y a un problème, *le moindre problème*, elle en sera tenue pour responsable. OK pour toi, petit ?

Lucas ne se laisse pas démonter, ne relève même pas le « petit ».

– Je me porte garant de Klervi.

– *Everybody's got an angle, hiding something*, répond l'homme dans un anglais parfait. *And everybody is guilty.*

Tout le monde cache quelque chose, et tout le monde est coupable.

Il fait glisser légèrement ses lunettes vers le bas pour que je puisse voir ses yeux noirs. Ses yeux capables de lever une armée. Mais à quoi pense-t-il exactement ? Impossible de lire quoi que ce soit sur son visage.

– Considérons que l'affaire est close, enchaîne-t-il aussitôt en remontant ses lunettes, étant donné que vous devenez, Klervi Marzan, la caution de notre collaboration.

Il a fait mine d'être surpris de ma présence, mais il connaît mon nom, ça me fait grave flipper. Depuis quand nous espionne-t-il ? Que sait-il de moi ? Et qu'entend-il par « caution » ?

Il observe sa montre et se tourne vers Lucas :

– Nous n'avons pas beaucoup de temps. Quel est le message de ton oncle, petit ?

S'il continue à l'appeler « petit », Lucas va péter un câble. À ma grande surprise, il s'assoit sur un fauteuil, prend son temps pour répondre.

– On change de plan.

– Pourquoi ?

– On avait parlé de 500, on peut vous filer le double.

– Vous avez de l'ambition.

– Rien à voir, c'est seulement grâce aux grandes marées qui nous apportent la marchandise sur un plateau.

– OK, petit.

– Lucas, rectifie enfin mon homme.

– OK, Lucas, se reprend son interlocuteur.

– Hormis la quantité, on ne change rien de ce qui était prévu. On organise trois livraisons, les 28 de chaque mois.

Je résume dans ma tête, pour mieux m'en souvenir… Un, cet homme a déjà rencontré Lucien, ils ont établi un plan de livraison : à la fin de chaque mois, mais pas le 29, le 30 ou le 31 car le mois de février ne compte que vingt-huit jours. Assez fière de mon esprit de déduction ! Deux, comme la mer a porté plus de civelles que prévu, Lucas ne vend pas 500 kilos mais une tonne à chaque fois, donc, au final, ça fera trois tonnes. S'il y a autant de civelles à vendre, combien existe-t-il de piscines planquées dans les marais ou ailleurs ?

– *Our business requires discretion and finesse*, lance le client.

– Discrétion et finesse, acquiesce Lucas, c'est ce qu'on m'a appris dans la famille depuis que je suis… *petit*. En trente ans, on n'a jamais eu le moindre ennui. On m'a dit que c'était pareil de votre côté, alors on va bien s'entendre, pas vrai ?

– Pas avant d'avoir reparlé du prix.

– On peut descendre à 320, vingt de moins. Livré à l'endroit prévu.

320 euros le kilo ?

« Allez, Lucas, je songe, sois gentil avec ta future femme et associée, parle clairement, s'il te plaît ! »

– 280, décrète l'autre. Paiement six heures après la livraison, là où je te dirai.

Lucas masque son désaccord en frottant son pantalon, de la cuisse au genou.

– 300, pour les deux voyages, réplique-t-il.

– On ne parle plus de trois livraisons ?

– On commence par se mettre d'accord sur les deux premières. Et on livre la marchandise à mi-chemin, comme prévu.

Ça se précise… Entre La Baule et Paris, il y a 450 kilomètres, un peu plus de cinq heures de route. À mi-chemin, il y a Tours ou, plus au nord, Le Mans.

– OK pour 300 et deux voyages pour commencer, mais je veux une garantie, en chair et en os.

Les yeux du mafieux se braquent sur moi ; je le vois malgré ses lunettes. Je ne bouge pas d'un cil, je boue intérieurement. Lucas, lui, est crispé de la tête aux pieds.

– Sur la route, poursuit le client, tu la déposes dans un hôtel que j'aurai choisi. Ne t'inquiète pas, je réserverai une très belle suite. Tu fais la livraison, on met la marchandise à l'abri, et si tout se passe merveilleusement, tu récupères ce qui te revient, en cash, en chair et en os.

– On n'a jamais fait ça, rétorque Lucas. C'est une méthode de…

– *Businessman, yes, little boy*. Dans mon métier, rien de bon ne se fait sans confiance. Sans confiance, pas de loyauté, *and when there is no loyalty, it never ends well*.

J'ai la bouche pâteuse, ce n'est pas le moment de faiblir, Klervi, tiens bon la barre ! Des phrases me reviennent en mémoire et tournent en boucle dans ma tête. « Le trafic de civelles, c'est devenu plus rentable et moins risqué que le trafic de drogues. Seulement, ce n'est pas moins sale. » « Ce sont des hommes sans foi ni loi. » Et aussi : « Ne t'expose pas. Ne te mets pas en danger. »

– On ne peut pas décider ça maintenant. Il faut que j'en parle à…

Il fronce les sourcils lorsque je l'interromps :

– Je ferai ce que vous voulez. J'ai confiance en Lucas, il n'y aura pas de problème.

Un sourire se dessine sur les lèvres du mafieux.

– Eh bien, voilà : l'affaire est réglée.

Il se lève, touche avec délicatesse la veste de Lucas :

– Faubourg Saint-Honoré, c'est ça ?

Lucas opine, l'air troublé.

– La prochaine fois, faisons du shopping ensemble, ça t'évitera de te faire avoir.

– Quoi ?

– C'est de la contrefaçon, la meilleure qui soit. Je possède quelques ateliers qui fascinent les grands couturiers, confie-t-il, un soupçon de fierté au coin des lèvres. Tu pourras amener Klervi avec toi, je m'occuperai personnellement de sa garde-robe. Vous êtes jeunes, beaux, mais vous avez tout à apprendre de la vie, surtout à Paris.

Il baisse la tête pour nous saluer, monte l'escalier et disparaît en laissant derrière lui un parfum légèrement vanillé.

Nous attendons quelques minutes avant de lui emboîter le pas.

– Klervi, sérieux, tu n'es pas obligée de faire ça, me chuchote Lucas. Il est encore temps de changer d'avis, de changer de plan, de…

– Tu sais bien que non, je réponds. Je vais le faire. J'étais sérieuse : je ne risque rien puisque je te fais confiance. Tu te souviens de ce qu'il a dit ? Pas de confiance sans loyauté, *and when there is no loyalty, it never ends well*. Je sais que ça finira bien. Par contre, je veux que tu m'expliques tout, parce que tu me dois quand même bien ça.

Lucas se mord la lèvre :

– Tu sais déjà tout ce qu'il y a à savoir.

– C'est qui, ce type ?

– Je t'en ai déjà parlé. Je ne connais pas grand-chose de lui. Tout le monde l'appelle Chang ou monsieur Chang, mais ce n'est pas son vrai nom, juste un pseudonyme, un nom de scène…

– Combien vous allez toucher avec cette histoire ?

– Un joli paquet. 300 000 fois deux, sans compter…

– Quoi ?

– Le troisième voyage.

Nous slalomons entre les visiteurs, en parlant à voix basse.

– L'idée, c'est de ne pas faire la troisième livraison en France. Là, on livre direct à l'étranger.

– Pourquoi ?

– On gagne trois fois plus. Si on livre une tonne en Roumanie ou en Bulgarie… je ne sais pas où encore, c'est Chang qui décidera, ça se paye mille…

– Mille ? Le voyage ?

– Le kilo.

J'en reste bouche bée. Mille fois mille. Un million d'euros !

– Cash, précise Lucas. Et donc, dans trois mois, on peut carrément se payer le *Green Deal*.

CHAPITRE 22

GREEN DEAL

When there is no loyalty, it never ends well.

Sans loyauté, ça ne se termine jamais bien.

Dans le taxi qui nous ramène au Champ-de-Mars, je ne cesse de ruminer ce qui pourrait m'être directement adressé, sans pour autant imaginer que Chang m'a démasquée. Et pourtant, pourquoi a-t-il lâché : « Tout le monde cache quelque chose » ?

Je me force à rendre les sourires que me distille Lucas, la main sur ma cuisse. Il semble rêver, sans doute à notre grand voyage sur le *Green Deal*. Mais ce rêve-là ne peut exister qu'à condition que le *big deal* – les trois livraisons – se réalise. Si je veux espérer sauver Lucas et m'enfuir avec lui, je dois me lancer dans le trafic, faire un max de fric sur le dos des pauvres civelles… Un paradoxe de plus.

Je pense au troisième voyage, en Bulgarie ou en Roumanie. Devrai-je également jouer l'otage pour celui-là ? Dois-je vraiment tenter de le faire capoter, et si oui, comment ? Et puis, pourquoi est-ce si rentable, de livrer à l'étranger ? Est-ce beaucoup plus risqué, à partir du moment où l'on fait sortir les civelles de France ? De nouveau, je frissonne. Il faudra que je trouve le moment idéal pour envoyer un texto à mes agents traitants. Ce sera leur cadeau de Noël.

Pendant que Paris défile sous mes yeux, que des bourrasques font danser les feuilles mortes et plier les parapluies, Lucas sort son téléphone noir. Le vibreur se tait quand il prend la communication. Il parle doucement, pose la main autour de sa bouche. À qui parle-t-il ?

Je sors mon smartphone, fais semblant de taper un SMS à toute vitesse, laisse volontairement tomber l'appareil aux pieds de Lucas. Il tâte le tapis de sol tout en continuant à discuter. Je m'approche de lui pour l'aider, un peu énergiquement, et le bouscule. Le mystérieux téléphone lui échappe des mains, manque de tomber à son tour avant que je le récupère au vol. Bien sûr, il n'y a pas de nom inscrit sur l'écran, j'ai juste le temps d'y voir ce qui est sans doute le nom de l'opérateur : *RedChat*. Jamais entendu parler.

Lucas raccroche, range le portable.

– Changement de programme, on ne rentre pas tout de suite à l'appart.

Il donne ses indications au chauffeur, qui vire à gauche, le GPS le guide à travers un dédale de rues perpendiculaires, la berline stoppe devant une bouche de métro.

On descend les escaliers, le métro arrive, Lucas monte, je le suis, il guette, je m'inquiète, deux stations, il me prend la main, me tire sur le quai avant que les portes se referment.

– Qu'est-ce qui se passe ?

– Lucien me conseille d'être prudent, de « casser la filoche », comme il dit. Je vais en profiter pour te faire une autre petite surprise.

– Tu veux dire casser une filature ? Les flics nous suivent ?

Je regarde autour de nous, ne remarque personne. Lucas tarde à répondre, je flippe que ce soit par l'affirmative, j'imagine déjà que Lucien vient de lui balancer dans le « balourd » que les Royer sont pris dans le filet, qu'il faut tout arrêter, tout de suite.

– Les flics ? Non. Mais le client connaissait ton nom et savait où j'avais acheté ma veste. On n'a rien à cacher, mais il ne faudrait pas que ça devienne une habitude.

– Et où on va ?

Il m'embrasse, j'ai toujours aimé ses surprises, c'est même ça qui m'a rendue dingue de lui, le fait qu'il cherche sans cesse à m'étonner, à me gâter, mais là, c'est trop. On monte les dernières marches qui nous ramènent sur le sol parisien, Lucas aide une jeune maman à porter une poussette, je respire enfin le grand air.

– Tu ne veux pas me dire ce que c'est, cette surprise ?

Le portable noir vibre de nouveau. Lucas le prend, me fait signe d'attendre un instant, il se tourne, esquisse de grands gestes, il est soudain contrarié.

– C'était encore Lucien, me dit-il, agacé.

– Il y a un problème ?

– On a perdu le marché du ramassage des algues.

Je revois Lucien m'affirmer que le tour est joué, que c'est déjà dans la poche.

– C'est définitif ?

– Non, lâche Lucas, en me reprenant la main. C'est Marion qui vient de lui annoncer, ce n'est pas officiel, donc il y a peut-être encore quelque chose à faire. Mais Lucien trouve ça suspect.

Sans plus de commentaires, il se remet en route, guidé par le GPS de son téléphone – l'habituel, celui avec lequel il appelle ses proches. Il s'arrête enfin devant une porte surmontée d'une petite lampe rouge, qui s'ouvre avec un bruit sec. Un étroit couloir, toujours éclairé par des loupiotes rouges, nous conduit à une autre porte, à battants, style western. Lucas me laisse passer devant :

– À toi l'honneur !

Au premier coup d'œil, on se croirait dans un salon de coiffure, musique pop zen en fond sonore, déco *old school*, un canapé, deux fauteuils posés côte à côte, mais il y a un message graphé en noir sur le plafond blanc : *Un tatouage n'est pas un décor, mais le souvenir d'une histoire, d'un voyage.*

J'entends alors Lucas qui crie presque de joie, balance un « Enfin ! » qui m'incite à me retourner.

Clovis !

S'il y avait eu un fauteuil juste derrière moi, je me serais assise aussi sec, si j'avais eu un gun, j'aurais tiré sans crier gare. À vrai dire, je ne sais pas comment réagir ni quoi penser… Les deux amis se connaissent depuis toujours. Comme Nolween et moi. Ils n'en finissent pas de s'étreindre, ce qui me donne envie de hurler :

– Lucas ! C'était ça, ta surprise ?

Clovis est méconnaissable. Il n'est plus roux, mais blond platine, la peau tatouée de partout. On voit qu'il s'est mis à la musculation. Et ses yeux sont embués.

Lucas lâche Clovis, se met face à moi, les mains en l'air, comme s'il voulait éviter la pluie de gifles que je pourrais lui donner.

– Je te l'ai dit, Klervi, Clovis n'y est pour rien…

Qu'il s'agisse d'une affaire de civelles ou de weed, Clovis n'y est pas du tout pour rien dans ce qui s'est passé sur la plage. Ça, c'est sûr.

– Je suis désolé, Klervi, souffle-t-il.

« Désolé », comme son père. C'est donc ici qu'il s'est planqué, pour éviter d'attirer les soupçons sur sa famille et, par répercussion, sur le clan Royer. Trente mètres carrés, qu'il a dû se payer avec *son* trésor de guerre, pour pouvoir s'adonner à la passion qu'il cache depuis l'enfance, surtout à son père qui n'a jamais voulu en entendre parler : le dessin. Mais sur la peau des autres. Il s'en sort bien, le bougre. Je ne sais pas ce qui me retient de partir en claquant la porte. Ou de le claquer, lui.

– La surprise, c'est ça, poursuit Lucas en désignant sa cheville droite.

Il s'allonge sur un fauteuil, me lance un clin d'œil, et Clovis attrape un gros stylo dans ses doigts gantés. Lucas veut se faire un tatouage ? J'hallucine. L'encre, déjà, s'insinue sous sa peau.

– C'est la preuve que je tiendrai parole, Klervi, ajoute Lucas avec un sourire craquant.

Deux mots, bientôt, entoureront l'île que dessine sa cheville : *Green Deal.*

Mon portable vibre. Texto de Mammig.

Tu seras avec moi le 24 au soir ? Bises

Noël en tête à tête avec ma mère ? De nouveau, l'angoisse me saisit. Je comprends qu'elle veuille s'assurer que je serai là, mais jamais de la vie je ne la laisserais seule la veille de Noël. Je ne suis pas totalement ingrate non plus.

– À ton tour ? lance soudain Clovis.

– Moi ?

– Cheville gauche, propose-t-il. Comme ça, vos tatouages se regarderont quand vous marcherez côte à côte.

Lucas me dévisage, les yeux brillants.

Une nouvelle fois, je suis partagée entre l'envie de partir en courant, dopée par le sentiment de m'être fait piéger, et le désir de rester, de rêver au moment où, sur le *Green Deal*, j'avouerai tout à Lucas. Mais, avant ça, j'aurai fait tomber Clovis dans le filet de Marceau. C'est quelque chose que je me promets, et à Jez, en pensée.

Big deal.

CHAPITRE 23

LES YEUX BANDÉS

Nous sommes rentrés de Paris et, dès le lendemain, une autre surprise m'attend. Je n'en peux plus, des surprises, ça joue avec mes nerfs. Mais comment l'avouer à Lucas, qui a l'air aux anges ?

Nous sommes tous les deux habillés de blanc. Lucas m'a tout posé sur le lit ce matin, la robe cintrée, manches en dentelle, les chaussures à talons, qui laissent apparaître le tatouage tout frais.

Surtout, j'ai un bandeau noir sur les yeux.

Surprise.

Depuis qu'on a quitté *Ker Colette*, et même si je fais confiance à Lucas, je me demande où on va, qui on va voir – on ne s'est pas habillés en blanc juste pour aller voir la mer. Mais je joue le jeu, OK, je n'enlève pas le bandeau, même quand la voiture s'arrête…

Combien de temps avons-nous roulé sur les routes de la presqu'île ? Si j'en crois les secousses, on n'a pas pris la rocade de Guérande, ni la grande route pour Saint-Nazaire ou Vannes.

Surprise.

On descend de la Mustang, Lucas me rappelle que j'ai juré de ne pas tricher, il me guide, me pose un manteau, blanc j'imagine, sur les épaules, je mets mes mains devant moi, ce que j'ai l'air idiote !

Je bute contre une marche, en monte quatre, une porte s'ouvre, le parquet gémit – j'en déduis que nous sommes entrés dans une maison –, j'entends des chuchotements – j'en déduis que nous ne sommes pas seuls –, un rayon de lumière me fait machinalement cligner des yeux, j'ai envie de tricher. S'il savait comme je stresse ! Quelle idée, de me bander les yeux !

– Prête, Klervi ? Trois, deux, un...

J'ouvre les yeux, les referme aussi vite, aveuglée par un spot, j'entends des applaudissements, ne comprends pas du tout ce qui se passe, ce n'est pas mon anniversaire... Est-ce parce que Jez s'est... ?

J'ai de nouveau l'air bête, je souris à défaut de comprendre ce qui m'arrive. La pièce où je me trouve est immense, très haut plafond, des miroirs, des centaines de bougies qui éclairent la Sainte Famille, de blanc vêtue elle aussi.

Je suis le clou du spectacle, mais pourquoi ? La famille Royer n'en finit pas de battre des mains comme si c'était un rappel après la projection d'un film en avant-première, comme si c'était – je n'ose y croire – la récompense de mon adhésion au trafic de civelles, de mon baptême du feu passé dans le salon d'un yacht de millionnaire face à un client aussi riche que rusé.

– Tu as deviné où on est ?

– Lucas, le sermonne doucement Colette, habillée d'une combinaison longue qui épouse sa taille de guêpe, ne sois pas si impatient, tu veux ?

Elle se tourne vers Paul et Lucien, claque des doigts, ses deux fils prennent chacun le bout d'un drap blanc posé sur une table qui roule vers nous, poussée par une force mystérieuse. Sur un air de musique classique sorti de nulle part, les yeux de Lucas brillent d'impatience, d'amour, d'un rêve de tour du monde, il me dévore du regard, sans pudeur, c'est hyper troublant. Mais je ne pige toujours pas ce qu'ils me veulent.

Colette stoppe la table roulante en levant la main – y a-t-il quelqu'un en dessous qui l'actionne ? À l'autre bout de la salle, longue d'une trentaine de mètres, j'entends un bouchon de champagne qui saute, vois plusieurs personnes qui s'affairent autour d'un buffet.

Sur la table roulante, je découvre une maquette, la maquette de ce qui pourrait être…

– Voici le haras de Klervi, annonce Colette d'une voix émue.

Une musique techno prend la place du classique et me fait sursauter, je me tourne. Sur un écran dix fois plus grand qu'une télévision apparaît une carte. J'y discerne tout de suite la pointe de Pen Bron, tout au sud de la grande plage de La Turballe. C'est donc là que nous sommes ? Me voilà soudain comme embarquée sur les ailes d'un goéland, je survole la pointe reproduite en trois dimensions, un V à l'envers, mer turquoise entourant un ensemble de bâtiments, langues de sable affleurant par endroits, je descends en piqué, rase le sable blanc, saute un mur, et découvre le futur haras de Klervi : la large façade d'un immeuble, une chapelle en son milieu. C'est l'ancien centre marin de Pen Bron, fermé, abandonné, trop cher à remettre d'aplomb, dit-on, que les Royer ont acheté pour le transformer en haras. Pour moi.

Sur le plan en 3D, un immense jardin à la française domine le tout, on aperçoit, de part et d'autre, une forêt de pins, il y a aussi une piscine, c'est énorme. Le « goéland » s'approche : sur les murs, les volets, c'est écrit un peu partout : *Le haras de Klervi*. La reproduction 3D me fait pénétrer à l'intérieur d'un bâtiment, tout y est neuf, nickel, magnifique, j'en ai le tournis, j'hallucine, c'est comme un rêve qui se réalise – un vieux rêve. Il y a évidemment des box, des chevaux, mais aussi des détails pour faire plus vrai, pour mieux s'y projeter : des bottes en plastique, des bottes de foin, des gamins, des oiseaux, un manège couvert, des selleries, des salles de pansage, de douche, des hangars de stockage…

Le « goéland » remonte dans le ciel à la vitesse de l'éclair, flirte avec les étoiles, replonge vers Pen Bron, une boule de feu arrive à vive allure, explose en mille éclats argentés qui se transforment en un mot : *Félicitations !*

Puis fondu au noir.

Lucas me glisse à l'oreille :

– C'est ton cadeau de fiançailles.

Voilà, je comprends enfin. Des fiançailles surprises. Des fiançailles que je n'ai pas organisées, sur lesquelles je n'ai pas eu mon mot à dire.

Des invités arrivent, tous vêtus de blanc, accueillis par Lucien et Paul. Je suis pâle d'une colère rentrée, de honte, d'effroi, d'amour impossible, de rêve massacré, je suis morte dans l'âme, improvise un léger malaise, « C'est trop », m'assois sur un fauteuil bleu turquoise, je tends la main machinalement, oui, je veux bien une coupe, une bouteille, une palette, noyez-moi dans le champagne… Je me rappelle la conversation avec Colette, juste après ma visite de l'appartement de Lucien. Elle m'avait confié : « J'aurais bien aimé que Lucien ait des enfants, que Paul ne divorce pas, mais la vie est ainsi faite. Aujourd'hui, tout repose sur Lucas, et tu sais combien il est attaché à toi. » Ce à quoi j'avais répondu que c'était trop tôt, que c'était impossible tant que Jez serait dans le coma. Il faut croire que mon avis ne compte pas, ni ma Sainte Famille à moi.

Je me lève, pose la flûte encore presque pleine sur un piano droit. Les invités entrent par vagues, je ne connais pas grand monde. J'aperçois Alexandre Petitjean, méconnaissable dans sa veste à queue-de-pie, entouré de quelques pêcheurs de civelles. Mais aucune trace de ma mère. Ni de mes amis à moi. Les bulles m'étourdissent, je souris à ceux qui viennent me féliciter, « Super, ces fiançailles, vivement le mariage ! », « Magnifique, le haras de Klervi, quel cadeau ! »…

Je suis seule au monde, propulsée dans un rêve qui a tout d'un cauchemar.

Je cherche Lucas pour qu'il m'explique, m'approche de la maîtresse de cérémonie, si fière du destin qu'elle façonne à ses héritiers.

– Je tenais à ce que ce soit aujourd'hui, me dit Colette. Tu sais ce qu'on fête le 21 décembre ?

Elle me parle sans me regarder. Je ne réponds pas, elle poursuit :

– C'est la fête de l'espoir et du renouveau. Le triomphe de la lumière sur les ténèbres.

– Le triomphe de la lumière sur les ténèbres, je répète sur un ton plat.

– Ça ne te rappelle vraiment rien, Klervi ?

Elle ne me regarde toujours pas, sourit à ceux qui, de loin, l'admirent ou médisent d'elle.

– Nous, les Bretons, sommes très à cheval sur les traditions. Dans le nord, des druides continuent à célébrer le solstice d'hiver, le 21 décembre.

Elle cale enfin ses yeux dans les miens.

– Célébrer vos fiançailles aujourd'hui, c'est ma façon de perpétuer la tradition, de ne pas perdre ce message de vue.

– Lequel ?

– Le triomphe de la lumière…

Elle me tend un lourd trousseau de clés.

– Il y a encore des travaux à faire, mais tu es ici chez toi, et…

Lucas arrive derrière moi, me prend par la main, sans laisser à sa grand-mère le temps de finir sa phrase.

On traverse la salle, passe plusieurs portes, il connaît déjà les bâtiments par cœur, le cachottier, le froid nous assaille tandis que nous passons par le jardin en courant jusqu'à une porte dérobée.

– Où tu m'emmènes ?

Un faisceau de lumière jaillit de son portable et éclaire un bassin hors sol, rectangulaire, d'où provient un bruit de moteur. Des milliers de spaghettis détalent de l'autre côté, à une quinzaine de mètres environ. Je détourne le portable de Lucas pour balayer les alentours. Pas de doute : nous sommes dans la chapelle. Ils ont transformé la chapelle de Pen Bron en vivier clandestin !

– Le triomphe de la lumière sur les ténèbres, je souffle.

– Quoi ?

– Non, rien…

– Dès qu'on sera mariés, on s'installera ici. Le haras de Klervi. Je te l'avais promis, 70 hectares, presque 20 000 mètres carrés de bâtiments. Un rêve qui devient réalité, non ?

Il fouille la poche intérieure de sa veste, en sort un petit sachet, il ne sait pas s'il doit sourire, mettre un genou à terre, je ne l'ai jamais vu aussi maladroit. Il me prend le doigt, enfile la bague lentement.

– Lucas…

Je voudrais lui dire que ça va trop vite, que je n'ai même pas eu mon mot à dire, que j'ai l'impression d'être prise au piège. Mais il m'offre tout ce dont je rêvais. Avant. Comment lui avouer que les choses ont changé ? Impossible de reculer, à présent.

– À toi, maintenant ? Enfin, si tu veux bien.

Je tremble, pas à cause du froid qui pèse sur mes épaules, mais en raison du stress. Je lui rends le portable, affligée par mon incapacité à contrôler mes émotions. Je respire un bon coup.

– Je veux bien, Lucas, mais à une condition…

Il suspend sa main tendue, prête à recevoir la bague de fiançailles.

– Tu me jures d'arrêter le business.

– Qu'est-ce que tu dis ?

– Tu fais les trois voyages, et ensuite tu te mets en pause, je temporise pour éviter de le brusquer.

– Tu as peur ? me demande-t-il.

– Tu n'es pas obligé de dire « amen » à tout ce que décide ta grand-mère.

– Je sais. C'est pour ça que j'ai décidé de te demander en mariage ici, rien que tous les deux… Le haras, le *Green Deal*, je t'offre le paradis !

Il attrape ma main, la pose sur sa poitrine, je sens son cœur battre à tout rompre.

– Justement. Après les trois livraisons, on pourrait partir faire le tour du monde. C'est ce que tu m'as promis, non ? j'insiste sans lui faire clairement comprendre que ce que je veux, c'est l'éloigner pour toujours de sa famille.

Chaque chose en son temps.

Il hésite, expire longuement.

– Bien sûr, mais… il faudra attendre un peu.

– Pourquoi ?

– Lucien a décidé de partir après notre mariage…

– Après notre mariage ? Vous avez aussi décidé de la date ? Sans moi ? !

– Tu auras 18 ans fin janvier, Colette voudrait qu'on se marie en février, ici, dit-il en levant les yeux vers l'obscur et très haut plafond de la chapelle. Lucien larguera les amarres en mars, un voyage de six mois, pas plus. Je ne peux pas laisser Paul et Colette seuls à ce moment-là, mais dès que Lucien sera revenu…

Cette fois, je ne peux plus me contrôler. Je hurle presque :

– Je vois que ma vie est toute tracée, formidable ! Et au mariage non plus, vous n'inviterez pas ma mère ?

– Je… je ne peux rien te dire, bredouille-t-il.

Je tourne les talons, furieuse qu'il me cache encore quelque chose, qu'il me prenne pour une conne.

– Attends, Klervi ! Arrête ! Ta mère devait venir, je t'assure… Elle a eu… euh, un contretemps. Mais j'ai promis de ne rien te dire.

Sa voix résonne contre les vieux murs. Je m'explose soudain le tibia contre un truc dur, je tâte à l'aveugle, fulmine, serre les mâchoires pendant que le faisceau du portable éclaire un vieux banc aussi solide qu'un rocher.

– Jez s'est réveillé ? je demande, pleine d'espoir.

– Non, ce n'est pas ça. Mais fais-moi confiance, je t'en prie, murmure-t-il en éteignant la torche et en me prenant dans ses bras, dans lesquels je m'effondre littéralement. Tu sais bien que je n'ai qu'une parole, on est pareils tous les deux, pas vrai, ma fiancée ?

Ma fiancée. Tous les deux, pareils.

Je me mets à sangloter tandis qu'il poursuit :

– Promis, juré, on partira. Sur le *Green Deal*, avec Jez, ajoute-t-il, lui qui ne l'a jamais apprécié, lui qui ne veut que mon bonheur. Avec Jez parce qu'il va se réveiller.

Il aurait pu ajouter : « C'est écrit », comme il est écrit *Green Deal* sur nos chevilles, mais non. Silence de cathédrale.

Je me redresse, lui passe enfin la bague au doigt. Voilà, nous sommes fiancés.

La tristesse et le désir mêlés me poussent à l'embrasser fougueusement. Je passe les mains sous sa chemise. Et si on trahissait le serment de Colette maintenant, juste avant le mariage ? Et si c'était moi qui faisais un bras d'honneur à l'autorité ?

– Lucas ?

C'est la voix de Lucien, Lucas me pose un doigt sur la bouche, chut, je reste de marbre, arrête de respirer. Un ange passe lentement, un faisceau de lampe torche balaie la poussière, l'oncle appelle une nouvelle fois son neveu, la porte se referme lourdement. On attend une longue minute, main dans la main, on se relève en pouffant de rire.

– On a eu de la chance ! je plaisante.

– C'est toi ma chance.

Je remets machinalement de l'ordre dans ma robe et mes cheveux.

– Alors, c'est promis : trois voyages et on arrête ?

– Je te l'ai déjà promis, il me semble.

– Promets encore. Devant Dieu. Devant les civelles.

– Promis, ma fiancée, mon associée, minaude-t-il. Trois voyages, et on fait le tour du monde. On partira en même temps que Lucien.

– Mais Lucien part en mars, non ? La troisième livraison n'aura pas encore eu lieu.

– Si, si, Klervi. Trois livraisons, trois mois : la première, c'est le 28, dans sept jours.

Je reçois cette nouvelle comme un uppercut. J'étais convaincue que le premier voyage serait fin janvier. Il faut que je prévienne Victoire et Marceau.

En sortant de la chapelle, je profite du rayon de soleil qui entre par la porte entrouverte pour inspecter les lieux : pas encore de caméras, tant mieux.

Une idée me vient. « Marcel » sera ravi…

CHAPITRE 24

FLAGRANT NOËL

Depuis les fiançailles, je n'ai vu personne. Ni Nolween, qui a été très vexée de ne pas y être invitée. Ni ma mère, dont j'ignore toujours pourquoi elle n'est pas venue. Je le saurai ce soir, sans doute, puisque je vais fêter Noël avec elle. « Fêter », c'est un bien grand mot. Je suis convaincue qu'elle n'est pas venue parce qu'elle se refuse à me laisser épouser Lucas, quoi qu'il dise. Ou qu'elle ne voulait pas afficher sa soudaine amitié avec Paul.

Cela fait trois jours que je suis enfermée chez Lucas, profitant de ses absences pour envoyer des messages à mes agents traitants. Pour le moment, pas de réponse. Pourtant, le temps presse, le premier transport de civelles a lieu dans quatre jours.

Je ne suis sortie que pour rendre visite à Jez. Je lui ai tout raconté. C'est le seul à qui je peux me confier. Lui, au moins, il ne répétera pas mes petits et grands secrets. Enfin, j'espère qu'il ne racontera pas tout quand il se réveillera ! La nuit dernière, j'ai surfé sur le Net, avec deux mots-clés : « coma », « réveil ». J'ai appris que le cerveau d'une personne dans le coma enregistre tout et qu'il est normalement capable de tout restituer à son réveil. J'ai lu aussi qu'une personne qui sort du coma peut parler couramment une autre langue que la sienne, à condition qu'il ait appris quelques notions avant.

Lucas est allongé près de moi, sur la couette, le nez sur l'écran de son portable. De temps à autre, il tape sa cheville contre la mienne, histoire de me rappeler qu'on va embarquer sur le même bateau.

J'entre dans son jeu, frotte mon pied contre le sien en feuilletant un magazine de voyage qu'il m'a offert. Le *big deal* pour le *Green Deal* : c'est la nouvelle mission secrète que je me suis fixée, à laquelle je n'arrête pas de penser.

– Pourquoi tu ne vas plus au lycée ? me demande-t-il soudain.

– C'est les vacances, je réponds en me levant.

– Tu ne vas quand même pas arrêter ?

– À quoi bon reprendre si on part faire le tour du monde ?

– Tu devrais reprendre en janvier.

– On verra, dis-je pour couper court à la conversation.

Janvier. Le mois de tous les dangers. La deuxième livraison. La vengeance du FLOU, Louise à la manœuvre. Mes 18 ans. Les préparatifs du mariage. Les gendarmes qui peuvent « taper » à tout moment. Hyper flippant. Je ne sais pas si je vais survivre. Si, déjà, je survis à la première livraison.

– Et si on commençait notre tour du monde par le Québec ? je lance.

Le portable noir de Lucas, le RedChat, se met à sonner. Texto. Depuis qu'on est fiancés, associés, il ne le cache plus du tout, il me laisse même lire les messages à sa place.

– Ça doit être Chang, présage-t-il sans lever les yeux de son « téléphone officiel ». Qu'est-ce qu'il dit ?

Je lis :

– Monnaie.

– OK.

– De quel fric il parle ? Il veut renégocier ?

– Non, répond Lucas en souriant. Il est marrant, ce mec.

– Marrant ? Qu'est-ce que c'est ? Un code ?

– Pas du tout. Monnaie, c'est un village, entre Tours et Le Mans.

– C'est le lieu de la première livraison ?

– *Time is money*, répond mon amour en guise de confirmation.

Je le pousse sur le matelas, monte à cheval sur lui.

– Si tu me filais un RedChat pour qu'on reste en contact pendant que je ferai l'otage ? Tu m'as promis de me donner un portable, tu ne t'en souviens pas ?

– Si, mais là, ça ne servirait à rien, réplique-t-il en me caressant la joue. La première chose qu'il va faire, c'est vérifier si tu as un téléphone sur toi. Tu verras, c'est ce qu'il fera et, si tu n'en as pas, c'est un bon point pour nous.

– Comme un contrat de confiance, c'est ça ?

– T'as tout compris, acquiesce-t-il en m'attirant vers lui.

Je pose mes mains sur son torse, il veut m'embrasser, je le fais languir un petit peu.

– Mais c'est quoi, en fait, ce portable ? C'est lui qui te l'a filé ?

Lucas essaie de me renverser, je résiste de tout mon poids.

– Attends, *petit*, lui dis-je en plissant les yeux. Je n'ai pas fini.

D'un coup de reins, il me propulse sur le côté, je me retrouve sur le dos, à sa place. Inversion des rôles. On rit de notre petit jeu qui flirte avec le serment de Colette. Il me tarde vraiment de larguer les amarres, de connaître l'amour en pleine mer. La liberté !

Le portable sonne une nouvelle fois, Lucas soupire, lit le texto, se lève, me libère.

– Je dois y aller, annonce-t-il. Tu veux que je te dépose chez ta mère ?

C'est nouveau : il ne dit plus « chez toi ».

– Je ne partirai pas avant que tu m'aies expliqué comment marche ce téléphone. Donne-moi au moins le numéro, que je puisse t'appeler !

Je prends un air de chien battu, ça ne doit pas être joli-joli.

Lucas capitule :

– C'est un truc qui fonctionne en circuit fermé, je te l'ai déjà dit.

– Dans tes rêves, je rétorque.

– Tu es sûre ?

Je m'approche de lui. En silence, je reproduis, avec mes mains, le mime de Romain. Les trois singes. Je lis dans ses yeux la fierté de m'apprendre à devenir, comme lui, une tombe. Et ça me fait mal au cœur : il me donne toute sa confiance tandis que moi, je suis la pire des traîtres. Je me rassure en me répétant que je fais tout ça pour lui.

– À quoi ça sert, de téléphoner en circuit fermé ? je m'enquiers, sur le ton le plus naïf possible.

– À échapper aux grandes oreilles. Avec RedChat, on fait ce qu'on veut, quand on veut. J'ai reçu deux textos, rappelle-t-il en me montrant l'écran. Tu les vois ?

Il tape un code à quatre chiffres sur le clavier.

– Hop, ils sont aussitôt effacés, à jamais !

– Tu veux dire que les flics sont hors circuit ?

– Ouais. *Red*, ça veut dire « réseau » en espagnol. Ça te rend *red* de moi, non ?

Je rigole en poursuivant :

– Donc pas de caméras, pas de micros, pas de géolocalisation. C'est top !

– Grave !

– Et le second texto, qu'est-ce qu'il racontait ?

Il en reste bouche bée, je me demande si je n'ai pas posé la question de trop.

– Je veux dire… ça me concerne ou pas ?

– Oui, grommelle-t-il en se grattant une barbe de trois jours qui le rend encore plus sexy. Pour l'instant, vaut mieux que tu ne saches pas…

– Pour ma sécurité ?

– C'est ça.

Je devine un problème, sa ride se creuse, mais je n'insiste pas, ça deviendrait encore plus suspect. Je sais, j'espère, je croise les doigts pour que mes gendarmes, mes « anges gardiens », veillent sur moi lorsque je serai enfermée quelque part du côté de Monnaie. Encore faudrait-il qu'ils me répondent.

– Qu'est-ce que tu fais ce soir ? je demande en enfilant un pull en laine.

– Colette va m'enseigner la recette du fondant baulois.

– Veinard, j'adore ce gâteau. Tu m'en garderas pour demain midi ?

– À condition que tu me rejoignes cette nuit…

– Arrête, pour une fois que je vais dormir chez ma mère !

Il sourit brièvement, il me cache un truc mais quoi ? Encore une de ses surprises ?

Je l'embrasse sur le bout du nez, on quitte *Ker Colette* sous une pluie fine, monte dans la Mustang. Je regarde le paysage défiler. Les commerces de Pornichet et de La Baule sont illuminés, Parisiens et Nantais sont arrivés pour fêter Noël dans leurs résidences secondaires, appartements avec vue sur la mer ou villas d'un autre siècle entourées de pins.

Quand Lucas me dépose devant *Ty Davarn*, le vent me gifle les joues, la nuit est noire comme l'encre qui entoure ma cheville. J'ouvre le portail, cours embrasser Torpédo, lui offre un seau de flocons de maïs.

– Joyeux Noël ! Promis, je te sors demain.

Je déplace deux bottes de foin, prends un sac plastique, en ôte un petit paquet. Le cadeau que j'ai acheté pour Mammig. Je le montre à Torpédo, lui dis que l'an prochain j'en aurai trois, un pour Jez, un pour mon père, et un autre pour celle qui s'occupe de lui tous les jours.

– Tu as pensé à lui faire un cadeau ? j'ajoute.

Il hennit, je lui gratouille le museau, je prends une poignée de maïs et vais la déposer au pied de l'arbre de Torka. Une bourrasque de vent emporte quelques flocons, la nuit les avale.

Mon portable vibre, le texto de « Marcel » me prend au dépourvu :

Rdv ce soir minuit parking Tamalous. Légende ?

Le parking Tamalous n'est pas très loin de chez moi : c'est déjà ça, je peux m'y rendre à pied, en à peine cinq minutes. Mais comment fausser discrètement compagnie à Mammig, un soir de fête ? Je me rassure en me disant que le dîner en tête à tête ne s'éternisera sans doute pas.

Je supprime le texto en repensant à l'intelligence du réseau crypté utilisé par les Royer, traverse le jardin et pousse la porte.

– Klervi ?

La voix de ma mère déboule du salon plongé dans le noir. Elle s'était endormie ? Elle est malade ? Les mots prononcés par Paul me reviennent en mémoire, je culpabilise de ne pas prendre assez de nouvelles, de ne jamais l'aider à la poissonnerie. Si elle savait dans quel pétrin je me suis fourrée, ce que je fais pour lui éviter de venir me voir en prison et pour y envoyer son cher Paul…

– J'arrive.

Je réponds OK à « Marcel », sans préciser quelle sera la légende, j'ai un peu de temps devant moi pour y réfléchir.

J'efface également mon texto, allume la lumière du couloir.

– T'es où ?

– Dans le salon, me dit-elle.

– Mais pourquoi tu n'allumes pas ?

Je suis soudain éblouie par une lampe qui s'éclaire, j'entends des rires. Résonne alors la musique qui a bercé nos Noëls, *jingle bells, jingle bells*, je revois le regard excité de Jez, enfant, qui déchirait les papiers, ouvrait les paquets en criant de joie, mon cœur se serre.

Une voix d'homme s'exclame alors :

– Joyeux Noël !

Je ne rêve pas.

Il est là, en chair et en os, mon capitaine au long cours, mon pompier au secours, il porte une barbe presque blanche, sa peau est toute bronzée.

Sourire aux lèvres, Tatig me tend les bras.

Joie. Immense.

Je me jette sur lui, manque de le faire tomber, je cache mon visage contre son torse, je ne sais pas quoi dire, il répète « Ma marmotte… » plusieurs fois au creux de mon oreille.

Je fais un pas en arrière, le regarde de pied en cap, veste noire sur chemise blanche, assez rare chez lui pour que je le remarque.

– Pourquoi tu n'as pas donné de nouvelles ?

– On était sur le front, pas de réseau. Je suis venu dès que j'ai su, dès que j'ai pu.

J'ai du mal à le croire, mais je suis tellement concentrée sur le rendez-vous avec mes gendarmes que je laisse tomber. Et puis mon père, ce n'est pas le style à être désolé, alors il ne le dit pas.

J'embrasse Mammig, qui porte une robe longue et un collier de perles que je ne lui connais pas.

– Félicitations, ma fille, me dit-elle.

Dans mon dos, Tatig fait péter un bouchon de champagne.

– Trinquons à tes fiançailles ! ajoute-t-il.

Le souvenir de la *white party*, à laquelle ils n'ont pas participé, me fait frémir.

Mammig me tend son verre, d'un geste plein de retenue.

– Klervi, si je ne suis pas venue…

– Ce n'est pas grave, je mens.

– Ton père devait atterrir ce jour-là, à Paris. J'avais prévu d'aller le chercher à l'aéroport pour qu'il arrive à temps.

– Mais mon avion a été annulé, précise-t-il. Je ne suis arrivé qu'hier, finalement.

J'éclate de rire, confuse : ça m'apprendra à imaginer le pire alors qu'on m'offre le meilleur.

– Je vois que Lucas a gardé la surprise intacte, ajoute Mammig.

– Pour les cachotteries, c'est bien le fils de son père ! commente le mien.

On échange un sourire complice, ma mère et moi : Paul est son ami, sa béquille, pas son amant. J'en suis sûre, désormais.

– Dès que j'ai eu accès à mes messages et que j'ai appris ce qui s'était passé, j'ai quitté ma brigade, et j'ai rejoint Cayenne. Ça m'a pris déjà quatre jours, et j'ai mis presque une semaine pour atterrir à Orly ! Je voulais te voir hier, à mon arrivée, mais on est allés voir Jez, avec maman, et…

Il cherche ses mots, sa voix s'étrangle, il vient seulement de se prendre le coma en pleine figure.

– Et, l'aide Mammig, on a préféré revenir ici, parler. Se retrouver.

Je pique un canapé de saumon fumé, la table regorge d'amuse-bouche, je déguste de tout en souriant, foie gras, mangue, délicieux pain d'épices…

Mon père reprend la conversation là où sa gorge s'est serrée. Jez. Il le promet à coups d'expressions de marin, il va veiller au grain, le coma n'est qu'artificiel, le marmot franchira le cap. Jusqu'à balancer l'une de ses tirades fétiches : « Dans la maison du marin, les enfants savent nager. »

Il pose un regard amoureux sur ma mère. Je souris stupidement, je voudrais tout lui avouer, ma mission secrète, les chaussettes de Paul, les coulisses d'un trafic mené d'une main de maître par Lucien, Jez et son éco-anxiété, le vivier détruit et revendiqué par le Front de libération de l'océan et de l'uchronie… Si c'est impossible pour le moment, je sais que je peux compter sur un nouvel allié, et ça, ce n'est pas rien.

On ne passe pas à table, on reste longtemps debout, on retient nos élans, nos sentiments, Mammig devient tout feu tout flamme lorsqu'il raconte son combat contre les mégafeux, le cri des arbres avant de brûler, l'odeur âcre des animaux rôtis, le mercure des chercheurs d'or qui pollue les rivières et sème des cancers…

Les minutes défilent, je regarde l'horloge de plus en plus souvent, on enchaîne sur le combat du cousin Charles pour faire éclater la vérité, mes exploits officiels, la manif Marée verte, la prise de Guérande, le Zellython, la chasse aux trésors. Sans oublier le dur labeur de Villanelle, son courage, elle n'hésite pas à évoquer le soutien de Paul et la solidarité financière des Marées de l'Atlantique, la compassion de toute la presqu'île venue à la poissonnerie acheter son lot de fraîcheurs – de rumeurs aussi, j'imagine.

La terrible réalité m'arrache à ce moment de bonheur dont je rêvais depuis qu'a éclaté l'affaire de la marée verte. Les algues assassines. Celles qui m'obligent à mentir comme un arracheur de dents. Je dois partir d'ici un quart d'heure, pour être à minuit pile sur le parking, mais je ne sais pas encore comment quitter la pièce, et je n'ai pas trouvé le moindre début d'idée de légende. Pourquoi les gendarmes ne m'ont-ils pas appelée hier, avant-hier ? Pourquoi le 24 décembre à minuit ?

– Je trouve tout de même que tu es très jeune pour te marier, dit mon père après s'être raclé la gorge.

– Moi aussi, appuie ma mère. Ce n'est pas un secret, je l'ai dit à Paul. Pourquoi êtes-vous aussi pressés ?

C'est bien normal que mes parents s'inquiètent. Mais ils viennent de me donner une occasion en or, celle qui va me permettre de quitter *Ty Davarn*. Je darde des yeux furieux vers Tatig :

– Ça t'intéresse, maintenant ? Un an sans nouvelles, et tu voudrais me dicter ce que je dois faire de ma vie ?

– Non, mais… Ta mère m'a dit que tu n'es pas retournée au lycée depuis l'accident. Klervi, je me fais du souci pour toi, et…

– Fais-toi du souci pour Jez, pas pour moi ! je rétorque méchamment.

– Klervi..., s'interpose ma mère.

– Évidemment, toi, tu es d'accord ! Avant, les Royer étaient des gens à éviter, presque des pestiférés... mais depuis que Paul *t'aide*, c'est différent !

Je m'arrête là, ma mère est déconfite, je viens de tuer la soirée, mais pour la bonne cause. Un mélange de honte et de jubilation empourpre mes joues. Je dois rejoindre le parking, me rapproche de la porte, enfile mon bonnet avant de lancer le paquet cadeau :

– Tiens, maman, joyeux Noël. Désolée, papa, Jez ne m'a pas prévenue que tu étais là.

– Tu ne vas pas partir maintenant ? bafouille Tatig. Où vas-tu ?

– Attends, Klervi, tu n'as même pas ouvert ton cadeau ! dit Mammig d'un ton presque suppliant.

La porte claque, mon prénom rebondit sur le battant, je me déteste, j'allonge le pas, sans me retourner.

Je marche sous les étoiles, le portable en mode avion, les mains dans les poches. Je croise les doigts pour que ma mère n'appelle pas Lucas, style : « Prends bien soin de Klervi, elle n'est pas dans son assiette, tu sais, le retour de son père, ça lui a fait un choc... », je m'en fiche, même si Lucas venait à m'appeler, il tomberait sur ma messagerie, direct, et j'inventerais une autre légende, un autre mensonge.

Le vent me rafraîchit les idées, je refais la liste de Noël, compte les cadeaux que je vais offrir à mes agents traitants.

Un appel de phares m'indique leur présence, là, sur le parking qui surplombe la plage où tout a commencé. Décidément...

Je monte dans la voiture, à l'avant.

– Joyeux Noël, dis-je en attachant la ceinture.

– À toi aussi, répond Victoire.

– Ce n'était pas possible de choisir un autre moment ?

– On a été très pris, ces derniers jours. Et on a cru comprendre qu'il y avait urgence.

– Où va-t-on ?

Demi-tour, direction Pen Bron. Plein sud, puis sud-ouest.

Je suis soudain mal à l'aise, je ne me sens pas à ma place. Dans la vie normale, je devrais être à table avec mon père, ma mère, il y aurait aussi Charles, sa femme, des amis de mes parents, on se marrerait, on lèverait le verre à Jez, à sa santé qui va revenir, c'est sûr, on ferait enfin le deuil de Torka. Ce serait gai et triste à la fois.

On passe aux abords de La Turballe, on croise de courtes averses, quelques rares voitures. La nuit de Noël n'est finalement pas si mal choisie : tout le monde, ou presque, est occupé, en famille.

– Quelle est la légende ? demande alors Marceau. Tu ne nous as pas répondu.

– Oui, désolée, je…

Je déglutis péniblement avant de poursuivre :

– Les Royer ont acheté le centre marin de Pen Bron, ils veulent le transformer en un haras. Un haras pour moi.

Je laisse s'installer un long silence dans l'habitacle. Nous sommes déjà arrivés à l'entrée de la presqu'île, face à une barrière fermée.

– Ils ont acheté Pen Bron, me relance Victoire, et ?

– Ils ont installé un premier vivier, j'enchaîne, de la taille d'une grande piscine. Des civelles pour le client chinois.

– Tu l'as vu ?

– Oui. Il fait la même taille que moi, a un grain de beauté sur l'oreille gauche, léger strabisme, et une chevalière dorée à tête de tigre.

– Je te parlais du vivier, mais j'en déduis que tu as vu le client.

– Oui, Chang, à Paris. J'ai vu le vivier aussi.

Marceau descend, ouvre la barrière, laisse passer la voiture et remonte en claquant la porte, ce qui me fait sursauter.

– Qu'est-ce qu'ils se sont raconté, à Paris ? me questionne la major.

– Ils ont négocié les quantités, les prix, et…

J'évite son regard, je ne me sens pas bien. Quitter aussi durement *Ty Davarn* m'a fendu le cœur.

– Et ?

Je n'ose pas leur dire que je vais être prise en otage, jouer la caution, j'ai peur qu'ils me le reprochent, eux qui m'ont dit de rester en retrait. Il faudra bien que je le leur avoue si je veux qu'ils me protègent, mais plus tard.

– … et ils ont prévu trois livraisons. Deux entre ici et Paris, la dernière en Roumanie ou en Bulgarie, ils ne savent pas encore.

– Combien ?

– Trois, je répète.

– Je veux dire : combien de kilos ? précise Victoire. Trois cents ?

– Trois tonnes, je lâche.

Victoire freine brutalement alors qu'on longe le mur d'enceinte de l'ancien centre nautique.

– Tu en es sûre ?

– Une tonne à chaque fois.

Marceau laisse échapper un sifflement impressionné.

– Joyeux Noël, leur dis-je du ton le plus léger possible.

– Tu as d'autres cadeaux comme ça ? poursuit l'adjudant.

– Lucas, et les autres, je suppose, ont un nouveau téléphone. Un truc crypté qui s'appelle RedChat.

Victoire et Marceau échangent un coup d'œil dans le rétroviseur. Pas d'autre réaction. La major roule maintenant au pas, éteint les phares, s'arrête devant l'hôtel-restaurant situé presque à la pointe de Pen Bron. Le commerce est fermé hors saison. Il n'y a pas âme qui vive.

– On peut s'arrêter là. Le vivier est dans la chapelle.

– Alors je fais demi-tour.

– Pourquoi ?

– Toujours faire face au danger, et s'y préparer, m'explique-t-elle en tournant le volant avec dextérité pour garer le véhicule sous un pin géant. Au fait, tu ne nous as toujours pas dit quelle est la légende.

– Pour quoi faire ? Il n'y a personne ici, pas d'habitations, et c'est une impasse.

– C'est souvent dans les endroits les plus perdus qu'on se retrouve face à la pire des menaces.

– Ah, OK. Alors, vous êtes des traiteurs, et je vais organiser une grosse teuf, ici, à Pen Bron. Ça tient la route ?

– Des traiteurs à minuit la veille de Noël ?

– Oui, j'ajoute. Je vous ai demandé de venir ce soir parce que c'était le seul moment où je savais qu'il n'y aurait personne. Surprise…

Victoire acquiesce, coupe le moteur, je sors la première. Mes agents tiennent une brève conversation à laquelle je ne suis pas conviée. Puis ils me font signe qu'on y va.

– Comment on entre ? me demande Marceau.

Je leur indique le chemin.

– Il n'y a pas de caméras ?

– Pas encore.

On contourne la longue bâtisse, je sors le lourd trousseau que Colette m'a donné.

– Faut pas traîner, souffle Victoire, allons-y.

On pousse plusieurs portes, refait le trajet effectué avec Lucas le jour de nos fiançailles, longe des couloirs, l'odeur de vieille poussière me prend à la gorge, je reconnais enfin la porte qui mène à la chapelle : le paradis des trafiquants ou l'enfer des civelles, au choix.

– C'est là, dis-je en me dirigeant vers la piscine hors sol rectangulaire.

Les deux gendarmes s'empressent de prendre des photos, parlent à demi-mot, semblent évaluer le nombre de civelles qui grouillent sous leurs yeux.

– C'est bon, lâche Marceau, on y va.

On fait demi-tour en veillant à ne pas laisser de traces, retrouve la voiture sous le pin. J'ai le réflexe de monter à l'arrière, Marceau me fait signe d'aller à l'avant, c'est lui qui, cette fois-ci, prend le volant. Je sens mon portable dans ma poche, toujours en mode avion, songe que, si Lucas m'a appelée, je pourrai toujours lui dire que je suis sortie de *Ty Davarn*, histoire de prendre l'air, de digérer le retour du pompier guyanais. Puisqu'il est au courant, le petit cachottier.

Sans lumière, tout juste guidée par un clair de lune voilé, la voiture se retrouve une nouvelle fois face à la barrière. Sans réfléchir, je descends.

– C'est bon, je m'en occupe.

Je lève manuellement l'obstacle en plastique, laisse passer la voiture, le referme. Alors que je m'apprête à remonter, les phares blancs d'un autre véhicule apparaissent.

– Monte, me dit Marceau. C'est bon pour la légende, tu assures ?

Je m'accroche à la portière, l'adjudant actionne soudain les phares, ce qui surprend le chauffeur et son passager, en face : deux hommes, si l'on en croit les larges épaules qui se découpent à travers le pare-brise non pas d'une voiture mais d'une camionnette.

Je ne peux pas les voir distinctement, parce qu'ils sont encore à une vingtaine de mètres, et mettent leurs mains devant leur visage.

Marceau sort lentement. Victoire reste à l'intérieur, baisse la vitre. Le temps me paraît interminable. Je tiens toujours la portière pour éviter de trembler comme une feuille. Les mecs ne bougent pas, qu'est-ce qu'ils font ?

Marceau lève une main pour demander au chauffeur de diminuer l'intensité des phares. Je voudrais m'agripper à son bras, me serrer contre lui, disparaître.

Le moteur du camion cesse de tourner, les veilleuses remplacent les pleins phares, la portière du chauffeur s'ouvre.

– Klervi ?

Cette voix-là, je la reconnaîtrais entre mille. Et la silhouette qui descend sur le marchepied aussi.

– Lucas ?

REMERCIEMENTS

Je tiens à remercier en premier lieu toute l'équipe de Milan, plus particulièrement mon éditrice Charlotte Mériaux pour son soutien indéfectible, Camille Babeau, et tous ceux qui se sont mobilisés pour que la série « Polar Vert » soit publiée dans les meilleures conditions, suite aux contraintes liées à la pandémie de la Covid19 et au confinement.

Je suis très honoré d'avoir reçu le soutien de l'Office central de lutte contre les atteintes à l'environnement et à la santé publique, en particulier celui du général Jacques Diacono, de Franck Jolly et de Denis Vilaro, sans oublier le concours de Gérard et Sophie.

Toute ma reconnaissance aux inspecteurs de l'environnement de l'OFB, Dominique Boussion, Yannick Chauvin et Patrick Lapoirie, qui m'ont accompagné jour et nuit sur les bords de la Vilaine.

Ma reconnaissance va également à Denyse, Anne et Benoît Gien, à Gisèle Brassac, à mes chers enfants et à mon *alter scribit* à qui je dois d'avoir fait de l'écriture mon métier depuis une vingtaine d'années.

Achevé d'imprimer en Espagne par Liberdúplex

85.9986.7/03 - ISBN : 978.2.01.721357.4

Dépôt légal : août 2024